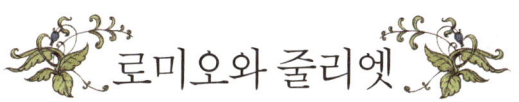

로미오와 줄리엣

로미오와 줄리엣

글 윌리엄 셰익스피어 | 옮김 김종환 | 그림 쁘쁘첸코 류다

〈세계의 클래식〉은 오랫동안 꾸준히 사랑받아 온 문학 작품을 청소년들이 좀더 친숙하게 접할 수 있도록 새로운 감각으로 펴낸 고전 시리즈입니다. 원서에 충실한 번역과 문학성을 살린 풍부한 문장이 작품에 대한 이해와 읽는 재미를 한층 높여 줄 것입니다. 또한 젊은 작가들의 섬세하고 감성적인 그림이 청소년뿐만 아니라 문학을 사랑하는 모든 이의 마음까지 채워 주기에 부족함이 없습니다.

로미오와 줄리엣

초판 1쇄 발행 2006년 3월 31일
초판 3쇄 발행 2021년 4월 2일

글쓴이 | 윌리엄 셰익스피어
옮긴이 | 김종환
그린이 | 쁘쁘첸코 류다
펴낸이 | 김사라
펴낸곳 | 해와나무
출판 등록 | 2004년 2월 14일 제312-2004-000006호
주소 | 서울특별시 영등포구 양산로23길 17 2층
전화 | (02)364-7675(내용), 362-7675(구입) | 팩스 (02)312-7675
ISBN | 978-89-91146-70-9 43840

• 값은 뒤표지에 있습니다.
• 책 내용의 일부 또는 전부를 인용하거나 발췌하려면 반드시 저작권자와 출판사 양측의
  서면 동의를 구해야 합니다.

은 해와나무의 청소년 도서 브랜드입니다.

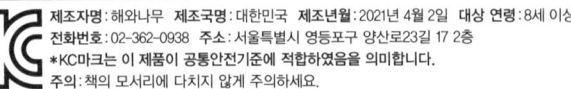
제조자명: 해와나무 제조국명: 대한민국 제조년월: 2021년 4월 2일 대상 연령: 8세 이상
전화번호: 02-362-0938 주소: 서울특별시 영등포구 양산로23길 17 2층
*KC마크는 이 제품이 공통안전기준에 적합하였음을 의미합니다.
주의: 책의 모서리에 다치지 않게 주의하세요.

차 례

등장인물

에스칼러스 베로나의 영주

패리스 젊은 귀족이며 영주의 친척

몬태규 캐퓰릿 집안과 반목하고 있는 베로나의 한 가문의 가장

캐퓰릿 몬태규 가문과 반목하고 있는 베로나의 한 가문의 가장

로미오 몬태규의 아들

머큐쇼 영주의 친척이며 로미오의 친구

벤볼리오 몬태규의 조카이며 로미오의 친구

티볼트 캐퓰릿 부인의 조카

로렌스 신부 프란체스코 수도회의 신부

존 신부 프란체스코 수도회의 신부

밸서자 로미오의 하인

샘슨 캐퓰릿 집안의 하인

그레고리 캐퓰릿 집안의 하인

피터 줄리엣 유모의 하인

에이브러햄 몬태규의 하인

몬태규 부인 몬태규의 아내

캐퓰릿 부인 캐퓰릿의 아내

줄리엣 캐퓰릿의 딸

유모 줄리엣의 유모

캐퓰릿의 숙부, 약재상, 세 명의 악사들,

머큐쇼의 시동, 패리스의 시동, 다른 시동, 관리,

베로나의 시민들, 양쪽 집안의 친척들, 가장무도회 손님들,

문지기들, 야경꾼들과 수행원들, 코러스

장소 베로나와 만투아

프롤로그

코러스 등장.

코러스 지체 높은 두 가문의 이야기,
그 무대는 아름다운 베로나.
해묵은 원한이 또다시 새로운 싸움의 불꽃을 당기니
시민의 피가 시민의 손을 더럽히는구나.
기구한 숙명, 원수 집안의 자식으로 태어나
서로를 사랑하게 된 불운한 연인이 있었으니,
처절하고 비참한 사랑의 종말과 그들의 죽음이
양가 부모들의 해묵은 갈등을 묻어 버린다.
죽을 운명에 처한 두 연인의 무서운 사랑 이야기와
자식들의 죽음이 아니면 제거할 수 없는
양가 부모들의 끝없는 노여움이
이제 두 시간 동안 무대 위에서 펼쳐집니다.
여러분이 참고 들어 주신다면
부족한 건 저희들의 노력으로 채우겠습니다.

제1막

친구들 틈 속에서 아름답게 빛나는 그녀는
까마귀 떼 속에 있는, 눈처럼 하얀 비둘기 같아.
춤이 끝나면 그녀가 있는 곳을 잘 봐 두었다가
그녀의 손을 잡아 내 거친 손이 축복받게 해야지.
내가 지금까지 사랑을 했다고?
내 눈이여, 아니라고 답하라!
오늘 밤 전까지는 난 진정 아름다운 여인을
본 적이 없으니까.

1막 1장   베로나 광장

캐풀릿 집안의 하인 샘슨과 그레고리, 칼과 방패를 들고 등장.

샘슨   그레고리, 맹세코 이런 모욕은 못 참겠어.

그레고리   아니, 그럼 이제 석탄 장수나 하자는 말인가?

샘슨   내 말은 화가 나면 칼을 쑥 뽑겠다는 거야.

그레고리   글쎄, 살아 있는 동안은

            옷깃에 감춘 목이나 잘 내놓고 다니게.✢

샘슨   난 화가 나면 번개같이 내리치지.

그레고리   하지만 자넨 그럴 만큼 통 화를 내지 않잖아.

샘슨   몬태규네 개만 봐도 화가 숫구치는걸.

그레고리   화가 나면 움직이겠지만

            용감하다면 제자리에 서서 맞서겠지.

            그러니 자네 같은 사람은 화가 나면 도망쳐 버릴걸.

샘슨   그 집의 개만 봐도 화가 나 싸우고 싶어.

            몬태규 집안사람이면 연놈 할 것 없이

            밀어붙여 버리고,

✢ 샘슨의 말 "이런 모욕은 못 참겠어"(We'll not carry coals)에 사용된 '석탄(coals)'을 '석탄 장수(colliers)',
  '화(choler)', '옷깃(collar)'이란 말장난으로 맞받아치고 있다.

내가 담 쪽 좋은 길을 차지해 버리겠어.

그레고리   그게 자네가 못난 놈이란 증거일세.

약한 사람일수록 담 쪽으로 붙는 법이지.

샘슨   맞아, 약한 그릇 같은 여자들이

항상 담 쪽으로 밀려나게 마련이지.

그래서 난 그 집 사내놈들은 담에서 끌어내고

계집년들은 담 쪽으로 밀어붙일 생각이야.

그레고리   주인들이 싸우니 우리 하인들도

그 집 하인놈들과 싸울 수밖에.

샘슨   매 한가지야. 난 행패를 부릴 테야.

놈들과의 싸움이 끝나면,

계집년들에게 맛 좀 보여 줘야지.

그년들의 모가지를 잘라 버리겠어.

그레고리   종년들의 모가지를 말인가?

샘슨   그래, 종년들 목이든 처녀막이든

자네 마음대로 생각하게나.

그레고리   그년들에게 맛 좀 보여 주어야겠군.

샘슨   당연히 그년들이야 좋아하겠지.

내가 연장 하나는 좋다는 평을 듣고 있으니까.

그레고리   자네가 생선이 아닌 게 다행이군.

생선이었다면 자넨 소금에 절여 말린 대구였을 테니.[+]

칼을 빼게. 마침 몬태규 집안놈 둘이 오고 있어.

몬태규 집안의 하인 에이브러햄과 밸서자 등장.

샘슨   자, 칼을 뽑았네. 자네가 먼저 시비를 걸어 보게.

            뒤는 내가 봐 줄 테니.

그레고리   뭐, 지금 꽁무니를 빼려는 건가?

샘슨   내 걱정은 말아.

그레고리   내가 언제 자네를 걱정하는 거 봤나?

샘슨   나중에 책잡히지 않게 놈들 편에서

            먼저 시비를 걸어오게 하세.

그레고리   내가 지나가면서 상을 찡그려 보지.

            놈들이 어떻게 생각하는지 어디 두고 보세.

샘슨   그거야 놈들 담력에 달렸겠지.

            난 엄지손가락을 물어뜯어 보이겠어.++

            그래도 가만있겠다면 놈들의 수치겠지.

에이브러햄 이것 보시오,

            지금 우릴 보고 엄지손가락을 물어뜯은 거요?

샘슨   내 엄지손가락을 물어뜯었을 뿐이오, 왜요?

+ '소금에 절여 말린 대구'는 '가난한 사람들이 먹는 음식'이라는 뜻으로 쓰임.
++ 엄지손가락을 물어뜯는 행동은 상대를 경멸하는 행동임.

에이브러햄	우릴 향해 엄지손가락을 물어뜯었냐고 물었소.
샘슨	(그레고리에게 방백) 그렇다고 말하면
	우리 쪽이 책잡힐까?
그레고리	(샘슨에게 방백) 아니.
샘슨	천만에, 당신들을 보고 손가락을 물어뜯는 게 아니라
	그저 내 손가락을 물어뜯고 있을 뿐이오.
그레고리	여보시오. 지금 시비를 거는 거요?
에이브러햄	시비라고? 천만에.
샘슨	시비를 걸겠다면 상대해 주지.
	나도 당신들만큼 훌륭한 주인을 모시고 있소.
에이브러햄	하지만 더 훌륭한 주인은 아닐걸.
샘슨	글쎄.
그레고리	(샘슨에게 방백) 더 훌륭하다고 말하게.
	저기 주인댁 친척 한 분이 오고 있어.
샘슨	여보시오. 우리 주인이 더 훌륭한 분이오.
에이브러햄	거짓말하지 마!
샘슨	사내라면 어디 칼을 빼 보시지.
	그레고리, 빨래 두드리듯 내리치는
	자네 칼솜씨 좀 보여 줘. (싸운다.)

벤볼리오 등장.

벤볼리오	떨어져, 이 바보 멍청이들! 칼을 집어넣어.
	사리 분별도 할 줄 모르는 놈들 같으니라고!
	(그들의 칼을 내려친다.)

티볼트 등장.

티볼트	이봐! 기껏 보잘것없는 하인들 틈에서
	칼을 빼들고 있는 거냐?
	내게 덤벼, 벤볼리오. 널 죽여 주겠다.
벤볼리오	난 싸움을 말리고 있었을 뿐이오.
	당신 칼이나 치우시오.
	아니면 그 칼로 나와 함께 이놈들 싸움이나 말리든가.
티볼트	뭐라고! 칼을 빼들고 싸움을 말리자고?
	나는 너 같은 놈하고는 말하고 싶지 않아.
	몬태규 집안놈들은 끔찍이도 싫어!
	너도 마찬가지야.
	자, 칼을 받아라, 비겁한 놈! (둘이 결투한다.)

양쪽 집안사람 여러 명이 등장하여 싸움에 가담하자,
때마침 곤봉과 미늘창⁺을 든 몇몇 시민이 등장한다.

⁺ 미늘창 : 끝이 두 가닥 혹은 세 가닥으로 갈라져 있는 창.

시민들   곤봉과 도끼창과 미늘창을 들어라!

때려눕혀라! 놈들을 때려눕혀라!

캐풀릿 집안놈들을 때려눕혀라!

몬태규 집안놈들을 때려눕혀라!

실내복을 입은 캐풀릿과 캐풀릿 부인 등장.

캐풀릿   이게 웬 소동이냐? 여봐라, 내 장검을 이리 다오!

캐풀릿 부인   지팡이, 지팡이를! 칼은 왜 가져오라 하세요?

캐풀릿   칼을 달라니까! 몬태규가 오고 있소.

날 욕보이려고 칼을 휘두르며 이리로 오고 있어.

몬태규와 몬태규 부인 등장.

몬태규   고약한 캐풀릿 놈들! 날 잡지 마시오. 놓으시오.

몬태규 부인   당신이 싸우시겠다면

한 발짝도 못 움직이게 하겠어요.

영주, 수행원들과 함께 등장.

영주   평화를 교란하는 반역자들아,

이웃의 피로 칼을 더럽히는 불경스런 놈들!
내 말이 들리지 않느냐?
이 짐승 같은 놈들아!
네놈들의 혈관에서 샘물처럼 솟는 붉은 피로
흉악한 격분의 불길을 끄려고 하다니!
고문이 두렵거든 그 잔인한 손에서
끔찍한 무기를 땅에 집어던지고,
화가 난 이 영주의 명령을 들어라.
캐풀릿 영감과 몬태규 영감은
하찮은 말을 빌미로 삼아
세 번씩이나 사사로운 싸움을 벌였다.
그때마다 조용한 베로나의 거리를
소란스럽게 만들었지.
그리하여 베로나의 노인들은
점잖은 나이에 어울리는 지팡이를 내던지고,
평화로 녹슨 낡은 미늘창을 주름진 손에 들고서
증오로 가득 찬 네놈들을 말려야 했다.
다시 한 번 이 거리를 시끄럽게 한다면
평화를 깨뜨린 죄의 대가로
목숨을 부지하기 힘들 것이다.
이번은 용서하니 모두들 물러가라.

캐풀릿 공, 그대는 나와 함께 가고,

몬태규 공, 이번 일에 대한 내 의향을 알려 줄 것이니,

오늘 오후에 우리의 공공법정인

저 유서 깊은 프리타운으로 나오시오.

거듭 말하겠다. 죽음이 두렵거든 모두 해산하라.

(몬태규, 몬태규 부인, 벤볼리오만 남고 모두 퇴장.)

몬태규　　이 해묵은 싸움을 다시 시작한 게 누구냐?

말해 보아라, 벤볼리오.

싸움이 시작될 때 여기 있었느냐?

벤볼리오　　제가 이곳에 오기 전에 이미

저 원수 집안의 하인들과 숙부님 댁 하인들이

한창 싸움을 벌이고 있었습니다.

전 그들을 떼어놓기 위해 칼을 뽑았지요.

바로 그때 성미가 불 같은 티볼트가 나타나

칼을 빼들고 욕설을 퍼부으며 제게 덤볐습니다.

티볼트는 머리 위로 칼을 휘둘러 바람을 갈랐지만,

그의 칼에 누가 다치기는커녕,

그런 그를 조롱하듯 쉿 소리만 났습니다.

우리가 한창 치고받는 동안

많은 사람들이 계속 모여들어 패를 갈라 싸웠지요.

그때 마침 영주님이 오셔서

싸우는 무리를 양쪽으로 떼어 놓았습니다.

몬태규 부인 아, 로미오는 어디 있지?

오늘 로미오를 보았느냐?

그 애가 이 싸움에 끼어들지 않아 천만다행이다.

벤볼리오 숭고한 태양에 황금빛 동녘 하늘이 밝아오기

한 시간 전쯤, 저는 착잡한 마음을 가누지 못해

집 밖으로 나갔습니다.

그런데 그토록 이른 시각에,

도시 서편에 있는 우거진 단풍나무 숲을

거닐고 있는 로미오를 보았습니다.

제가 가까이 가자 이를 눈치 챈 로미오는

슬그머니 숲 속으로 숨어 버렸지요.

제 경우에 비추어 로미오의 기분을 짐작했습니다.

혼자 있고 싶은 건 마음이 몹시 괴로울 때죠.

그래서 로미오의 의중을 떠보지 않고,

나름대로 판단하여

저를 피하려는 그를 기꺼이 피해 주었습니다.

몬태규 그 애는 아침마다 그곳을 거닐며

신성한 아침 이슬에 눈물을 뿌리고,

깊은 한숨을 쉬어 구름에 더 많은 구름을 보탠다는구나.

그러나 만물에 생기를 주는 태양이

저 먼 동쪽 하늘 새벽 여신의 침상에서

검은 장막을 걷어 내기 시작하면,

우울한 내 아들놈은 밝은 빛을 피해 슬며시 돌아와

혼자 방에 처박혀 있는단다.

그 애는 창문을 닫아 찬란한 햇빛을 막고,

억지로 대낮을 밤으로 만들더구나.

좋은 충고로 그 원인을 제거해 주지 않는다면

반드시 불길한 결과로 이어질 거야.

벤볼리오 숙부님, 숙부님은 그 이유를 아십니까?

몬태규 이유도 모르겠고,

그 애에게서 이유를 알아낼 도리도 없구나.

벤볼리오 어떤 방법으로 알아내려고 하셨나요?

몬태규 나뿐만 아니라 다른 많은 친구들도

그 이유를 물어 보았다.

하지만 그 애는 제 감정에만 충실하고,

— 얼마나 진실한 감정인지 알 수는 없지만 —

저 혼자만 비밀을 꼭 간직하고 있으니,

도저히 알아낼 도리가 없구나.

채 피기도 전에 고약한 벌레에게 뜯어 먹힌

꽃봉오리 같다고나 할까.

예쁜 꽃잎을 활짝 피우기도 전에,

아름다운 모습을 태양에게 바치기도 전에

뜯어 먹힌 꽃봉오리 말이다.

그 슬픔이 자라나는 곳을 알 수만 있다면,

내가 아는 대로 기꺼이 치료해 줄 수 있을 텐데.

벤볼리오 마침 저기 로미오가 오는군요.

자리를 좀 피해 주십시오.

단호히 거절당할지도 모르지만,

슬픔의 원인이 뭔지 알아내 보겠습니다.

몬태규 네가 여기 있다가 로미오의 진심을 들을 수 있다면

오죽이나 좋겠느냐. 자, 부인, 자리를 피해 줍시다.

(몬태규와 몬태규 부인 퇴장.)

로미오 등장.

벤볼리오 안녕한가, 사촌.

로미오 아직도 이른 아침인가?

벤볼리오 시계가 방금 아홉 시를 알렸지.

로미오 시름에 찬 시간은 길어 보이는 법이지.

지금 급히 이곳에서 자리를 뜬 분이 내 아버님 맞지?

벤볼리오 맞아. 그런데 무슨 시름 때문에

로미오의 시간은 그렇게 지루하지?

로미오	지루한 시간을 짧게 만드는
	그 무엇을 갖고 있지 못하기 때문이지.
벤볼리오	사랑 말인가?
로미오	잘못 짚었어.
벤볼리오	사랑이 아니라고?
로미오	내가 사랑하는 여인은 전혀 반응이 없다네.
벤볼리오	저런! 보기엔 그렇게 상냥할 것 같은 사랑이
	실제로는 그렇게 포악하고 인정머리가 없다고?
로미오	슬픈 일이야!
	항상 눈을 가리고 다니는 사랑은
	눈 없이도 사랑의 과녁을 잘도 쏘아 맞히지.
	식사는 어디서 할까? 아니, 무슨 소동이라도 있었나?
	말하지 않아도 좋아. 다 들었으니까.
	증오로 인한 소동도 크지만,
	사랑으로 인한 소동은 더 크지.
	아, 싸우는 사랑이여! 아, 사랑하는 증오여!
	아, 모든 것은 무(無)에서 창조된 유(有)라!
	아, 무섭고도 가벼운 것! 진실한 허영!
	겉치레는 근사하나 꼴사나운 혼돈이여!
	납처럼 무거운 솜털, 밝은 연기,
	차디찬 불, 병든 건강!

실체 아닌 실체로 항상 깨어 있는 잠이여!

이게 내가 느끼는 사랑이지만,

이런 혼돈 속에 어찌 사랑의 만족이 있겠나.

벤볼리오, 우습지 않나?

벤볼리오   아니, 로미오, 차라리 울고 싶어.

로미오   선한 네가 뭣 때문에?

벤볼리오   자네의 선한 마음이 고통당하고 있으니까.

로미오   아니야. 그건 빗나간 사랑 때문이야.

내 슬픔만 해도 가슴이 무거운데,

자네 슬픔마저 덧붙여 내 가슴을 무겁게 짓누를 참인가?

자네가 보여 준 애정은 그렇잖아도

감당키 벅찬 내 슬픔을 더할 뿐이야.

사랑이란 한숨으로 이루어진 연기,

깨끗이 개이면 연인들의 눈 속에서 불꽃이 일고,

흐리면 연인들의 눈물로 바다가 넘친다네.

그 밖에 무엇이 또 있겠나?

그건 가장 분별 있는 광증이요,

숨 막히게 쓴 약인 동시에

활력을 주는 감로라고 할 수 있지.

사촌, 그럼 잘 있게.

벤볼리오   잠깐, 같이 가. 그렇게 가 버리면 너무하잖아.

로미오	쳇! 난 스스로를 잃어버린 몸, 나는 여기 없어.
	이 사람은 로미오가 아니야.
	그는 어딘가 딴 곳에 있어.
벤볼리오	슬프겠지만 말해 봐.
	자네가 사랑하는 상대가 누군가?
로미오	뭐, 나더러 고통에 시달리며 말하라고?
벤볼리오	고통에 시달리라니? 천만에!
	상대가 누구인지만 말해 줘.
로미오	그건 신음하는 환자에게
	유서를 쓰라고 하는 것과 같아.
	아! 중한 병을 치르고 있는 사람에게
	그건 너무 힘든 일이지.
	진심을 말하자면 사촌,
	나는 어떤 여인을 사랑하고 있어.
벤볼리오	나도 그리 짐작했지. 어지간히 맞혔군.
로미오	기막힌 명사수군!
	내가 연모하는 여인은 미인이야.
벤볼리오	멋진 표적이라면, 당장 쏴 맞히면 되잖아.
로미오	그런데 이번에는 빗나갔어.
	그 여인은 큐피드의 화살에 맞질 않아.
	그녀는 달의 여신처럼 분별력이 있고,

순결이란 갑옷으로 단단히 무장하고 있어서,

애들 장난감 같은 약한 사랑의 화살에는

조금도 끄떡하지 않아.

그 여인은 구애의 말로 공격해도 굴복하지 않고,

애절한 눈빛으로 공격해도 끄떡하지 않으며,

성자마저 유혹하는 황금에도 무릎을 벌리질 않아.

아! 그녀는 굉장한 미인이야.

하지만 정말 가련한 일이지.

아이 없이 죽게 되면

그녀의 아름다움도 함께 사라질 테니까.

벤볼리오   그럼 평생 순결을 지키겠다고 맹세한 여자란 말인가?

로미오   그래, 그렇게 인색한 건 도리어 큰 낭비지.

금욕으로 인해 아름다움이 굶주리면

자자손손으로 이어질 아름다움까지

싹둑 잘려 사라지게 되는 법이지.

그녀는 매우 아름답고 매우 현명해.

하지만 아무리 아름답고 현명하다 해도

날 이렇게 실망시켜 놓고서야

어디 축복받기를 기대할 수 있겠나.

그녀는 사랑 같은 것은 하지 않기로 맹세했지.

그 맹세 때문에 이 말을 하고 있는 난

산송장이 되어 버린 것 같아.

벤볼리오   내가 하는 말을 잘 듣고, 그녀를 잊어버려.

로미오   아! 어떡하면 잊어버릴 수 있는지 가르쳐 줘.

벤볼리오   그녀는 그만 보고

자네의 눈을 자유롭게 이리저리 굴려서

다른 미인들이 있는지 한번 살펴보도록 해.

로미오   그렇게 하는 것은

그녀의 뛰어난 미모를 더욱 생각나게 할 뿐이야.

미녀들의 이마에 키스하는 저 행복한 가면들을 보게.

검기 때문에 도리어 그 안에 가려진

아름다움을 생각하게 만들지.

갑자기 눈이 먼 사람이

잃어버린 시력이라는 귀한 보배를

잊지 못하는 것처럼 말이야.

내게 절세미인을 보여줘 봤자 그까짓 미모는

절세미인을 능가하는 미인을 읽게 하는

주석에 지나지 않아. 이만 가 보겠네.

자네는 내게 그녀를 잊을 수 있는 방법을

가르쳐 주지 못해.

벤볼리오   꼭 가르쳐 줄게. 빚을 진 채 죽을 순 없잖나.

(모두 퇴장.)

1막 2장   베로나 거리

캐풀릿, 패리스, 하인 등장.

캐풀릿   몬태규도 우리와 같은 벌을 받았소.

우리 같은 늙은이들이

싸움질을 그만두는 건 어렵지 않은 일이오.

패리스   두 분 다 명망이 높으신데,

그렇게 오랫동안 사이가 좋지 않다는 것은

매우 유감스런 일입니다.

그건 그렇고, 제 청혼은 어떻게 되었습니까?

캐풀릿   전에 한 말을 되풀이할 수밖에 없군요.

내 딸은 아직 세상물정도 모르고,

열네 살도 채 되지 않은 애송이오.

적어도 앞으로 2년쯤은

한여름의 꽃이 피고 지는 걸 봐야

신부가 될 만큼 철이 들 것 같소.

패리스   더 젊은 나이에 행복한 어머니가 된

여자들도 있는걸요.

캐풀릿   너무 일찍 출가하면 쉽게 망그러지지요.

희망을 걸었던 다른 자식들은 모두 죽고
그 딸애가 내게 남은 유일한 희망이라오.
패리스 백작이 구애하여
딸아이의 마음을 사로잡아 보시오.
딸아이가 받아들이면 내 뜻은 별 문제가 아니오.
난 딸아이가 선택한 대로 승낙하고
기꺼이 찬성하는 수밖에 별도리가 없다오.
오늘 밤에 우리 집에서
관례대로 연회를 베풀 것이오.
내가 좋아하는 손님들을 많이 초대했고,
백작도 그 손님들 명단에 들어 있소.
가장 환영받는 손님이 되어 주시오.
많은 손님들이 오는 멋진 연회가 될 거요.
비록 누추한 집이지만 오늘 밤 참석하여
컴컴한 하늘을 밝혀 주는 별처럼 빛나는
수많은 여인들을 잘 살펴보시오.
오늘 밤 내 집에서,
화려하게 차려입은 4월이
절뚝거리는 겨울의 뒤꿈치를 밟으며 쫓아올 때,
활기찬 젊은이들이 느끼는 그런 위안을
받게 될 것이오.

꽃봉오리 같은 처녀들 사이에 끼어

그 기쁨을 맛보시오.

두루 듣고 본 다음, 그중에서

가장 돋보이는 여자를 사랑하시오.

눈여겨보시면 내 딸도 그중에 있소.

머릿수야 채우겠지만 눈에 뜨일지는 모르겠소.

자, 그럼 같이 갑시다.

(하인한테 쪽지를 주며.)

어봐라, 어서 아름다운 베로나를 뛰어다녀라.

여기 적혀 있는 이름대로 찾아가서 말씀드려라.

오늘 밤 연회에 꼭 참석하길 바란다고 전해라.

(캐풀릿과 패리스 퇴장.)

하인   여기 이름 적힌 양반들을 찾아내라고!

뭐라고 적혀 있는지 어디 보자.

구두장이는 자를, 재단사는 구두틀을,

낚시꾼은 화필을,

그림쟁이는 그물을 갖고 일해야 한다고 씌어 있군.

이름이 적힌 양반들을 찾아가라고 날 보냈지만,

여기에 뭐라고 적혀 있는지 통 알 수가 있어야지.

유식한 양반을 찾아가 봐야겠군.

아, 마침 잘됐다.

벤볼리오와 로미오 등장.

벤볼리오　　불은 다른 불로 끄고,

　　　　　　하나의 고통은 다른 고통이 오면 덜어지는 법.

　　　　　　맴돌아 어지러운 것도 반대로 돌면 좋아지는 법이고,

　　　　　　하나의 절망적인 슬픔도 다른 슬픔이 오면

　　　　　　치유되는 법이지.

　　　　　　자, 새 눈병에 걸려야

　　　　　　고약한 옛날 눈병에서 깨끗이 나을 거야.

로미오　　　그런 병에는 질경이 잎이 묘약이지.

벤볼리오　　무슨 병에 말이야?

로미오　　　네 정강이 상처에 말이야.

벤볼리오　　아니, 로미오! 자네 미쳤어?

로미오　　　미치진 않았지만 미치광이 이상으로 꽁꽁 묶여 있어.

　　　　　　난 감옥에 갇혀 먹지도 못하고, 매를 맞으며

　　　　　　고문당하고 있는 사람과 같아.

　　　　　　그리고…… 무슨 일인가, 자네?

하인　　　　안녕하십니까, 나리. 글 좀 읽을 줄 아십니까?

로미오　　　그래, 내 불행한 운명쯤은 읽을 수 있지.

하인　　　　그야 책을 읽지 않아두 알 수 있는 일이죠.

　　　　　　그게 아니라 글로 된 건 무엇이나

읽을 수 있느냐는 말입니다.

로미오   당연하지, 글과 말만 안다면.

하인   정직한 말씀이네요. 안녕히 계십시오.

(돌아서서 가려 한다.)

로미오   여보게, 기다려. 읽을 줄 안다네.

'마티노 씨와 그의 부인 및 따님,

언셀브 백작과 그의 아름다운 자매들,

비트루비오 미망인,

플라센시오 씨와 그의 귀여운 질녀들,

머큐쇼와 그의 동생 발렌타인,

캐풀릿 숙부님, 숙모님과 따님들,

아름다운 질녀 로절라인과 리비아,

발렌시오 씨와 그의 사촌 티볼트,

루시오와 활달한 헬레나.'

선남신녀들의 모임이군. 어디에서 모이지?

하인   저 위에서요.

로미오   어디라고?

하인   제 주인댁에서 만찬이 열립니다.

로미오   뉘 댁이라고?

하인	제 주인댁이죠.
로미오	그래, 그걸 먼저 물었어야 했구나.
하인	묻지 않아도 말씀드리죠.
	제 주인님은 거부이신 캐퓰릿 나리십니다.
	도련님께서 몬태규 집안사람만 아니라면,
	부디 오셔서 술잔이나 나누시죠.
	그럼 안녕히 계십시오. (퇴장.)
벤볼리오	오랜 전통을 자랑하는 캐퓰릿 집안의 잔치에
	자네가 그토록 연모하는 로절라인도 참석하는군.
	베로나에서 칭송받는 뭇 미녀들과 함께 말이지.
	그러니 거기 가서 공정하게 비교해 보는 게 좋겠어.
	로절라인의 얼굴과 내가 보여 줄
	몇몇 여인들의 얼굴을 비교해 보게나.
	자네가 백조라고 생각했던 여인이 까마귀로 보일걸세.
로미오	경건한 신앙으로 가득 찬 내 눈이
	그런 거짓을 믿게 된다면,
	눈물도 불꽃으로 변하고 말 거야!
	익사할 지경이면서도 멀쩡하게 살아 있는 이단자,
	두 눈이여, 거짓말한 죄로 불에 타 죽어라!
	내 연인보다 더 아름답다고?
	천지만물을 내려다보는 저 태양도

천지개벽 이래 그녀와 견줄 만한

미인은 보지 못했을 거야.

벤볼리오 쳇! 양쪽 눈에 그 여자만 얹어 놓고 저울질하니까

그녀가 미인으로 보일 수밖에 없지.

그 수정 같은 두 눈의 저울판에

자네가 연모하는 여인과 내가 오늘 연회에서 보여 줄

눈부시게 아름다운 처녀들을 올려놓고

함께 저울질해 보란 말이야.

그럼 지금 최고로 보이는 그녀가

아마 별 볼일 없는 여자로 보이게 될걸.

로미오 같이 가 보세.

그러나 자네가 보여 줄 여인들 때문이 아니라,

내 연인의 찬란한 아름다움을 즐기기 위해서라네.

(모두 퇴장.)

1막 3장   베로나. 캐풀릿 저택의 방

캐풀릿 부인과 유모 등장.

캐풀릿 부인   유모, 딸애는 어디 있어?

그 애를 좀 불러 줘.

유모   열두 살 때 제 처녀성을 두고 맹세하는데,

아가씨에게 이리로 오라고 일렀지요.

어린양처럼 순진한 아가씨!

참새처럼 사랑스런 아가씨!

원 참! 아가씨가 어디 있지?

줄리엣 아가씨!

줄리엣 등장.

줄리엣   네, 누가 절 찾으시죠?

유모   어머니가 부르세요.

줄리엣   어머니, 저 여기 있어요.

무슨 일이 있으신가요?

캐풀릿 부인   그러니까…… 유모, 잠시 자리 좀 비켜 줘.

우리끼리 은밀히 할 얘기가 있어.

아니, 유모, 다시 들어와.

생각해 보니 유모도 우리 얘기를 듣는 게 좋겠어.

유모도 알다시피 이 아이도 이제

결혼 적령기가 되었어.

유모   그럼요. 아가씨가 몇 살이 되었는지

전 시간까지 댈 수 있죠.

캐풀릿 부인   아직 열네 살이 된 건 아니야.

유모   제 이빨 열네 개를 걸고 맹세할 수 있어요.

서럽게도 네 개만 남아 있지만……

아직 열네 살은 아니지요.

수확제[+]까지는 얼마나 남았지요?

캐풀릿 부인   2주일하고 며칠 더 남았지.

유모   짝수 홀수 따질 것도 없이 1년 365일 중

수확제 전날 밤이 되면 아가씨는 열네 살이 됩니다.

제 딸 수전과 아가씨는 동갑이지요.

천국에 가 있는 수전은

— 하느님, 그 애에게 평안한 안식을 주소서! —

제게는 과분한 딸자식이었지요.

어쨌든 제가 좀 전에 말씀드린 대로

✢ **수확제** : 농작물의 수확을 축하하는 제전으로, 8월 1일이다.

수확제 전날 밤이 되면

아가씨께서는 열네 살이 될 거예요.

틀림없어요. 저는 지금도 똑똑히 기억하고 있어요.

지진이 있은 뒤 벌써 11년이 흘렀지만,

그때를 절대 잊을 수 없어요.

1년 365일 중 바로 그날, 아가씨께서 젖을 뗐습니다.

전 젖꼭지에 쓴 약쑥 즙을 발라 놓고

비둘기집 담 밑에 앉아 햇볕을 쬐고 있었답니다.

그 당시 나리와 마님께서는 만투아에 가 계셨지요.

제 기억력이 얼마나 좋은데요.

말씀드렸듯 아가씨는

제 젖꼭지에 발라 놓은 쓰디쓴 약쑥 맛을 보고는

글쎄, 그 귀여운 아기씨가,

마구 짜증을 내면서 젖꼭지와 싸움을 벌였답니다.

그때 비둘기집이 까닥까닥 흔들렸어요.

그러니 저더러 밖에 나가 있으라고 하지 마세요.

벌써 11년이 흘렀네요.

그때 아가씨는 혼자서 서기도 하고,

비틀거리면서 온 사방을 뛰어다녔답니다.

그 진닐날 해노 아가씨께선 넘어져서

이마에 상처를 냈는데,

그때 제 남편이 ─ 하느님이 그이를 보호해 주시길,

그이는 참 재미있는 사람이었죠.─

아가씨를 일으켜 세우면서,

'그래, 아가씨가 앞으로 엎어지셨네?

좀 더 철이 들면 뒤로 넘어질 테지.

안 그래요, 줄리 아가씨?' 하니까,

글쎄 고 귀여운 아기씨가 울다 말고

'응' 하지 않겠어요.

농담으로 한 말이 이제 이루어지는 걸 보게 되다니!

정말이지 제가 천 년을 살더라도

그 말만은 절대 잊지 못할 거예요.

그이가 '안 그래요, 줄리 아가씨?'라고 하니까

고 귀여운 아기씨가 울다 말고 '응' 했다니까요.

캐풀릿 부인 그만 해, 제발 좀 조용히 있어.

유모 네, 마님. 하지만 아가씨가 울다 말고

'응'이라고 말한 걸 생각하면,

정말 웃지 않을 수가 없잖아요.

그때 아가씨 이마에 병아리 불알만 한 혹이 생겼어요.

정말 심하게 부딪힌 거지요. 아가씬 몹시 울었어요.

제 남편이 아가씨를 일으켜 세우면서

이렇게 말했답니다.

'아가씨가 앞으로 엎어지셨네?

좀 더 철이 들면 뒤로 넘어질 테지.

안 그래요, 줄리 아가씨?' 하니까

글쎄, 울다 말고 '응' 했다지 뭐예요.

줄리엣　　유모 이제 그만 해. 제발 그만 해.

유모　　네, 그만 하죠. 아가씨께 하느님의 축복이 있기를!

아가씨는 제가 기른 애기 중 제일 예뻐요.

제가 살아서 아가씨가 결혼하는 걸 본다면

제 소원은 이루어진 것이나 다름없어요.

캐풀릿 부인　　바로 그거야.

내가 말하려는 것도 바로 그 결혼 얘기야.

줄리엣, 결혼에 대해서 어떻게 생각하니?

줄리엣　　저로선 꿈에도 생각하지 못할 명예예요.

유모　　명예라!

아가씨의 유모가 저 혼자라 말하기 좀 뭣하지만,

아가씨의 지혜는

제 젖꼭지에서 빨아들인 거라고 말하고 싶네요.

캐풀릿 부인　　자, 이제 결혼에 대해 생각해 보아라.

이곳 베로나에서는

너보다 이런 귀사애들도 벌써 엄마가 된 경우가 많아.

내 경우만 두고 보더라도,

지금 네 나이 또래에 네 어미가 되었지.

간단히 말하자면, 저 늠름한 패리스 백작이

너를 신부로 맞이하길 원한단다.

유모 대장부지요, 아가씨! 아가씨, 그분이라면

온 세상 사람들이 탐을 내고도 남을 분이죠.

정말 밀랍 인형같이 잘생긴 분이죠.

캐풀릿 부인 베로나의 여름날에도

그 사람처럼 멋진 꽃은 볼 수 없단다.

유모 맞아요, 맞아. 그분은 꽃이죠.

정말 한 송이 꽃이라고 할 수 있지요.

캐풀릿 부인 넌 어떠냐? 그이를 사랑할 수 있겠느냐?

오늘 밤 연회에서 그를 보게 될 게야.

젊은 패리스 백작의 용모를 책 읽듯 잘 살펴보고,

아름다움의 붓 끝이 그려 놓은

기쁨을 잘 찾아내 보아라.

조화로운 이목구비를 하나하나 살펴보면

그것들이 얼마나 서로 잘 어울리는지를 알게 될 거다.

아름다운 용모라는 책에 나다나지 않은 건

눈의 여백에 씌어 있으니 그것도 잘 찾아보아라.

그는 사랑이라는 귀한 책이지만,

제본 안 된 책과 같은 연인이지.

표지만 씌우면 아름다운 책이 될 게 틀림없어.

바다 속에 물고기가 살고 있어 바다가 더 멋진 것처럼,

눈에 보이는 아름다움은

그 안에 보이지 않는 아름다움을 간직하고 있을 때

한층 더 자랑스러운 것이란다.

많은 사람이 찬양하는 책은 황금 표지 안에

황금의 이야기를 담고 있는 책이야.

그러니 패리스 백작을 남편으로 받아들이면,

네 것은 조금도 줄어들지 않고

그의 것은 모두 네 것이 될 것이다.

유모   줄다니요. 불어나지요.

서방님을 모시면 몸이 불어난다니까요.

캐풀릿 부인   딱 잘라 말해 봐라.

패리스의 사랑을 받아들이겠느냐?

줄리엣   만나서 호감이 생기면

저도 좋아해 보도록 노력하겠습니다.

하지만 저는 어머니께서

허락하시는 곳까지만 보고

더 깊은 곳까지는 보지 않겠어요.

하인 등장.

하인	마님, 손님들이 오셨고, 연회 준비도 다 됐습니다.
	마님을 부르고, 젊은 아가씨를 오라 하고
	주방에선 유모를 욕하고, 모든 게 뒤죽박죽입니다.
	전 이제 손님들의 시중을 들어야 합니다.
	제발 급히 내려와 주시기 바랍니다.
캐퓰릿 부인	곧 따라가겠네. 줄리엣, 백작이 기다리신다.
유모	자, 아가씨, 행복한 낮에 행복한 밤을 보태세요.

(모두 퇴장.)

1막 4장 베로나 거리

로미오, 머큐쇼, 벤볼리오 그리고 가면 쓴 사람 대여섯 명과
횃불잡이들 등장.

로미오   그런데 무슨 변명을 하고 들어갈까?

아니면 그냥 아무 말 없이 들어갈까?

벤볼리오   그런 격식을 차릴 때는 지났어.

우리는 큐피드처럼 수건으로 눈을 가린 채

얼룩덜룩한 타타르 인의 장난감 활을 들고

허수아비처럼 숙녀들을 놀라게 할 필요도 없고,

입장할 때 프롬프터⁺를 따라

더듬거리며 서사를 외울 필요도 없어.

그들 좋을 대로 생각하라고 하고,

우린 한바탕 춤이나 추고 나오면 돼.

로미오   횃불을 이리 줘. 춤출 기분이 아니야.

마음이 울적하니 횃불이나 들겠네.

머큐쇼   그럼 안 돼, 로미오. 춤을 추어야 해.

로미오   정말 못 추겠다니까.

✛ **프롬프터** : 연극을 공연할 때 관객이 볼 수 없는 곳에서 배우에게 대사나 동작 따위를 일러 주는 사람.

자넨 바닥이 가벼운 무도화를 신고 있지만,

내 마음 밑바닥은 납덩어리처럼 무거워서

땅바닥에 철썩 달라붙어 꼼짝도 할 수 없다니까.

머큐쇼 자넨 사랑을 하고 있는 사람 아닌가.

큐피드의 날개라도 빌려서 하늘 높이 훨훨 날아 봐.

로미오 큐피드의 화살이 워낙 깊이 박혀서

이런 가벼운 날개론 날 수가 없어.

게다가 워낙 꽉 묶여 있어서,

이 무거운 괴로움에서 벗어날 수가 없네.

난 사랑의 무거운 짐에 짓눌려 있다네.

머큐쇼 거기 짓눌려 있다면

사랑이 자네에게는 짐만 되겠군.

가냘픈 사랑에겐 사랑의 고통이 너무 큰 짐이지.

로미오 사랑이 가냘프다고? 사랑은 너무나 거칠고,

억세고, 난폭해서 가시처럼 찌르기도 하지.

머큐쇼 사랑이 거칠게 굴거든 자네도 거칠게 대해.

찌르서든 자네도 찔러.

사랑을 꼼짝 못하게 때려눕혀 버.

내 얼굴을 가릴 가면을 줘.

(가면을 쓴다.)

광대 같은 낯짝에 광대 같은 가면이라.

무슨 상관이랴?

호기심 어린 눈으로 내 못난 낯짝을

바라본들 상관없어.

나 대신 이마가 불룩 튀어나온

이 가면이 얼굴을 붉힐 테지.

벤볼리오   자, 문을 두드리고 들어가세.

들어가선 모두들 곧장 춤을 추는 거야.

로미오   횃불을 이리 줘.

마음이 들뜬 건달들이나

발뒤꿈치로 감각 없는 돗자리를 비벼대라고 해.

옛 속담에도 있듯이 난 촛대나 들고 서서

구경이나 하겠네.

지금 놀이가 한창이니 난 물러가겠네.

머큐쇼   뭐! 가만히 있어. 순경 나리의 명령이다.

자네가 수렁에 빠진 말이라면 수렁에서 건져 주지.

미안한 말이지만, 귀 밑까지 빠져 있는

그 사랑의 진창에서 내가 꺼내 주지.

가세. 이건 대낮의 등잔 격이로군.

로미오   아니야, 그렇지 않아.

머큐쇼   내 말은, 우물쭈물하다가는

대낮에 등잔을 켜 놓은 것처럼

쓸데없이 불만 낭비한다는 뜻이야.

내 말의 진의를 잘 생각해 봐.

오감을 다 동원하지 말고

상식적으로 생각해 보라니까.

로미오   가면무도회에 가는 뜻이야 좋지만

그리 현명한 것 같지는 않아.

머큐쇼   아니, 왜 그런 말을 하지?

로미오   간밤에 꿈을 꾸었어.

머큐쇼   꿈이야 나도 꾸었지.

로미오   그래, 무슨 꿈이었지?

머큐쇼   꿈꾸는 사람은 자주 거짓말한다는 꿈.

로미오   침대에 누워 자면서 꾼 꿈은 믿을 만해.

머큐쇼   아! 이제 알겠네.

자넨 요정의 여왕 맵과 함께 있었어.

벤볼리오   여왕 맵이라고! 그녀가 누군데?

머큐쇼   맵은 요정들의 산파야.

시장 나리가 집게손가락에 끼고 있는 보석에 새겨진

상(像)보다도 작은 모습으로 나타나,

한 무리의 난쟁이들에게 마차를 끌게 해서

잠자는 사람들의 코 위늘 지나다니지.

맵의 수레 바퀴살은 거미의 긴 다리로 만들었고,

뚜껑은 메뚜기의 날개로,

말고삐는 아주 가는 거미줄로,

목걸이는 이슬 맺힌 달빛으로,

채찍은 귀뚜라미 뼈로,

채찍 줄은 하늘거리는 명주실로 만들었지.

마부는 회색 외투를 입은 모기 새끼인데,

크기는 게으른 하녀 아이의 손가락을 비집고 나온

작고 둥근 벌레의 반밖에 되지 않아.

맵의 수레는 속이 빈 개암 열매 껍질인데,

먼 옛날부터 요정들의 수레를 만든 목수였던

다람쥐나 좀이 만들었지.

맵은 밤마다 이런 모습으로 행차하는데

연인들 머릿속을 지나가면

연인들은 사랑의 꿈을 꾸게 되지.

또한 조신들의 무릎 위를 지나가면

당장 굽실대는 꿈을 꾸고,

변호사의 손가락 위를 지나가면

당장 사례비 받는 꿈을 꾸고,

여인의 입술 위를 지나가면

당장에 키스하는 꿈을 꾸게 되지.

하지만 맵은 곧잘 아가씨들 입에서

과자 냄새가 난다며 성이 나서는
입술에 물집을 만들어 놓기도 해.
맵은 조신들 코 위를 지나가기도 하는데,
그럼 관직을 받아내는 꿈을 꾸게 되지.
때로 맵 여왕은 십일조로 바쳐진 돼지 꼬리로
잠자는 목사님의 코를 간질이기도 하는데,
그러면 목사님은 헌금 받는 꿈을 꾸게 되지.
때로 맵 여왕은 병사의 목 위를 지나가는데,
그러면 병사는 적병의 목을 자르는 꿈부터
돌진, 복병, 스페인 명검에 관한 꿈을 꾸다가
엄청나게 술을 마셔대는 축배의 꿈을 꾼다네.
그러다가 갑자기 북소리가 들려오면,
깜짝 놀라 잠에서 깨어난 병사는
한두 마디 기도를 드리고 다시 잠이 들지.
이게 바로 맵 여왕의 짓이야.
맵 여왕은 밤중에 말갈기를 땋아 놓고,
더러운 계집의 머리카락을 뭉쳐 놓는데,
이 머릿단이 풀리면 큰 불행이 다가올 전조라나.
처녀들이 벌렁 누워 잘 때,
짓눌려 무거워도 참는 설 가르쳐 주고,
어떤 짐도 잘 들 수 있는 여인으로 만들어 주는 것도

바로 이 마녀 할망구지.

또 맵 여왕은……

로미오 그만 해, 그만! 머큐쇼, 그만 해!

쓸데없는 소리 제발 그만 해.

머큐쇼 난 그저 꿈 이야기를 하고 있어.

꿈이란 한가한 사람 머리에서 태어난 아이로,

헛된 환상에서 생겨난 것일 뿐 아무것도 아니야.

망상이란 공기처럼 실체가 없고,

바람보다 더 변덕스러운 거야.

방금 북쪽의 얼어붙은 가슴에 사랑을 호소하다가도

갑자기 발끈 성을 내면서 휙 돌아서서는

이슬 내리는 남쪽으로 얼굴을 돌려 버리는

바람보다 더 변덕스럽지.

벤볼리오 바람 얘기 듣느라고 우리가 할 일을 잊고 있었군.

만찬은 끝났을 테고,

우리가 너무 늦지 않았는지 모르겠군.

로미오 오히려 너무 이르지 않을까 걱정이야.

왠지 두려운 생각이 들어.

운명의 별들에 걸려 있는

그 모습을 드러내지 않는 뭔가가,

오늘 밤 잔치를 계기로

무섭게 활동을 개시할지도 몰라.

그리하여 내 가슴속에 갇혀 있는 싫증난 삶의 기한을

때 아닌 죽음이란 고약한 벌로 청산해 버릴지도 몰라.

하지만 내 인생 항로의 키를 잡으신 분께

항해를 맡길 수밖에!

들어가세, 유쾌한 친구들.

벤볼리오 북을 울려라.

(모두 퇴장.)

1막 5장　베로나. 캐풀릿 저택의 홀

악사들이 대기하고 있고, 하인들이 등장한다.

하인1　포트팬은 어디 간 거야? 설거지도 안 거들고!
　　　그러고도 접시를 치웠다고! 접시를 닦았다고!

하인2　겨우 한두 사람으로 손님 접대를
　　　깔끔하게 준비하라고? ˙
　　　아직 손도 씻지 않았는데, 이거 야단났군.

하인1　접는 의자들을 치우고, 찬장도 한쪽으로 옮겨.
　　　접시들은 조심해서 다뤄야 해.
　　　이봐, 마저팬⁺ 한 조각만 남겨 놔.
　　　그리고 날 위한다면, 문지기더러
　　　수전 그라인드스톤과 넬을 들여보내라고 전해 줘.
　　　앤터니! 포트팬!

하인3　그래, 여기 있네.

하인1　큰 방에서 자네를 찾고, 부르고, 청하고,
　　　찾으러 보내고 생난리야.

하인3　동시에 여기에도 가고 저기에도 갈 수는 없지.

⁺ **마저팬** : 설탕, 달걀, 밀가루, 호두와 으깬 아몬드를 섞어 만든 과자.

| 하인 2 | 자, 기운을 내. 잠시라도 즐겁게 살아 보자고. |
| | 오래 사는 게 장땡이지 뭔가. (하인들 퇴장.) |

캐풀릿, 줄리엣, 캐풀릿 집안사람들이
손님들과 가면 쓴 사람들을 맞는다.

캐풀릿	어서 오시오, 여러분!
	발가락에 티눈이 박히지 않은 아가씨들은
	여러분과 흥겹게 춤을 출 것입니다.
	자, 아가씨들, 이중에서 어떤 숙녀가
	춤추는 것을 마다하겠소?
	얌전 빼는 아가씨는 분명 발에 티눈이 박혔을 거요.
	제 말이 맞지요? 환영합니다, 신사 여러분!
	저도 한창 때 얼굴에 가면을 쓰고
	아름다운 처녀의 귀에다가
	달콤한 이야기를 속삭인 적이 있답니다.
	이젠 다 흘러간 옛날 옛적 일이지요.
	잘 왔소, 신사 여러분!
	자, 악사들, 연주를 시작해요.
	어서들 연회장으로 갑시다!
	자리를 잡고 춤을 추시오, 아가씨들.

(음악이 연주되고 춤을 춘다.)

자, 불을 더 밝혀라.

식탁은 치우고 난롯불도 꺼라.

방안이 너무 더운 것 같구나.

기대하지 않았던 흥겨운 놀이가 될 것 같군.

자, 앉으세요, 캐풀릿 숙부님.

숙부님과 전 춤출 나이가 지났지요.

숙부님과 제가 가면을 쓰고

마지막으로 춤을 춘 지가 얼마나 되었지요?

캐풀릿 숙부   아마 30년은 족히 될걸.

캐풀릿   그럴 리가! 그렇게 오래 되진 않았어요.

안 됐고말고요.

루센시오의 결혼식 이후의 일이니까,

성령강림절이 아무리 빨리 온다 해도

우리가 가면을 쓰고 춤춰 본 게

25년쯤 되었을까요?

캐풀릿 숙부   아니야, 그보다 더 오래 됐지.

그 사람 아들 나이가 그보다 더 많은걸.

아들 나이가 아마 서른쯤 되었을걸.

캐풀릿   뭐라고요?

2년 전만 해도 그 사람 아들이 미성년자였는데요.

로미오	(하인에게) 저기 저 기사의 손을 잡아
	풍요롭게 만드는 저 숙녀는 누구지?
하인	잘 모르겠는데요.
로미오	아! 그녀는 횃불에게
	더 밝게 타오르는 법을 가르쳐 주고 있어.
	밤의 뺨에 매달린 그녀의 모습은
	에티오피아 흑인 여인의 귀에 달린 값진 보석 같구나.
	써 버리자니 너무 값지고,
	속세에 두기엔 너무 귀한 아름다움이로구나!
	친구들 틈 속에서 아름답게 빛나는 그녀는
	까마귀 떼 속에 있는, 눈처럼 하얀 비둘기 같아.
	춤이 끝나면 그녀가 있는 곳을 잘 봐 두었다가
	그녀의 손을 잡아 내 거친 손이 축복받게 해야지.
	내가 지금까지 사랑을 했다고?
	내 눈이여, 아니라고 답하라!
	오늘 밤 전까지는 난 진정 아름다운 여인을
	본 적이 없으니까.
티볼트	아니, 저 목소리는 분명 몬태규 집안놈이야.
	이봐, 칼을 가져와라.
	이 악당 놈이 감히
	괴상한 가면을 쓰고 이곳에 들어오다니,

우리 잔치를 조롱하고 망치려는 건가?

가문의 혈통과 명예를 위해

저런 놈은 때려죽여도 죄가 되진 않을 거야.

캐퓰릿   왜 그러느냐, 티볼트! 왜 그리 화를 내고 있느냐?

티볼트   숙부님, 저놈은 우리 원수인 몬태규 집안놈입니다.

오늘 밤 잔치를 아수라장으로 만들기 위해

나쁜 생각을 품고 여기 들어온 것임에

틀림없습니다.

캐퓰릿   로미오란 젊은이 말이지?

티볼트   그렇습니다. 바로 그 악당 로미오입니다.

캐퓰릿   진정해라, 얘야. 내버려 둬라.

훌륭한 신사처럼 처신하는구나.

솔직히 말하자면 로미오는

덕스럽고 품행 바른 청년으로

베로나의 자랑이라고들 하더구나.

베로나의 전 재산을 다 준다 해도

내 집에서 로미오에게 무례를 범할 생각은 없다.

그러니 참아라. 로미오를 못 본 제해라.

이게 내 뜻이다. 내 뜻을 존중한다면

찡그린 이맛살을 펴고 밝은 얼굴을 하거라.

지금 모습은 연회에는 어울리지 않아.

티볼트	저런 악당이 손님으로 와 있을 때는
	얼굴을 찌푸리는 게 당연하지요.
	저는 참을 수 없습니다.
캐퓰릿	뭐라고! 이 녀석아, 참으라니까!
	제발 로미오를 그냥 내버려 둬.
	도대체 내가 주인이냐, 네가 주인이냐?
	그만두라니까. 정말 가만둘 수 없다는 게냐?
	원 세상에, 이런 변이 있나!
	손님들 앞에서 난장판을 벌이겠다고!
	버르장머리 없이 놀겠다고! 네 멋대로 하겠다고!
티볼트	그렇지만 숙부님, 이건 수치입니다.
캐퓰릿	가만둬라, 가만둬.
	이 버르장머리 없는 놈. 뭐가 수치란 말이냐?
	그런 수작을 부리다간 네놈이 다쳐.
	내 말 잘 알겠지?
	기어이 내 뜻을 거역하겠다는 거냐!
	(손님들에게) 여러분, 정말 잘 추시는군요!
	(티볼트에게) 이 버릇없는 놈, 잠자코 있어.
	그렇지 않으면 혼날 거야. 부끄러운 줄 알아!
	(하인들에게) 불은 더 밝히고, 불을 너.
	(손님들에게) 자, 여러분, 즐겁게 노십시오.

티볼트	억지로 참자니 끓어오르는 분통 때문에
	온 사지가 덜덜 떨리는군.
	내 이번에는 그냥 물러가지.
	이번 침입이 당장은 달콤할지 모르지만,
	내 머지않아 반드시 쓴맛을 보여 주고야 말겠다.
	(퇴장.)
로미오	(줄리엣에게) 천하고 천한 제 손으로
	당신의 거룩한 성전을 더럽혔다면,
	그 점잖은 죄의 대가로
	제 입술이 수줍은 두 순례자처럼 기다리고 있다가
	부드러운 키스로 거친 손자국을 씻고자 하나이다.
줄리엣	선량한 순례자님,
	당신 손을 그토록 욕되게 하지 마세요.
	당신 손은 그처럼 점잖은 신앙심을
	보여 주고 있잖아요.
	성자의 손은 순례자가 만지기 위해 있는 것이고,
	손바닥을 맞대는 건 거룩한 순례자의 입맞춤이지요.
로미오	성자나 순례자도 입술이 있질 않소?
줄리엣	순례자님, 그건 기도하기 위한 입술이랍니다.
로미오	아! 그럼 성자님,
	손이 하는 걸 입술로 대신하게 해 주시고,

입술이 이렇게 기도하오니 허락하소서.

신앙이 절망으로 변치 않도록 말이오.

줄리엣   기도는 들어줄지언정 성자가 먼저 움직이진 않아요.

로미오   그럼 움직이지 말아요.

제 기도의 효험을 받는 동안,

그대 입술로 내 입술의 죄를 씻어 주세요.

(그녀에게 키스한다.)

줄리엣   그럼 이제 제 입술이 그 죄를 짊어지게 되었군요.

로미오   내 입술의 죄를?

아, 이 얼마나 달콤한 책망인가!

그럼 내 죄를 다시 돌려주시오.

줄리엣   책에 쓰인 것처럼 키스를 하시네요.

유모   아가씨, 어머님께서 하실 말씀이 있답니다.

로미오   아가씨의 어머님이 누구시오?

유모   이봐요, 젊은 양반,

아가씨의 어머님이 바로 이 집 마님이시랍니다.

착하고 현명하고 덕망 있는 분이시죠.

같이 얘기 나누신, 그분의 따님을 제가 길렀어요.

내 장담하건데,

아가씨를 손에 넣는 분은 정말 횡재하는 거랍니다.

로미오   그럼 그녀가 캐풀릿 댁 따님이란 말이오?

아, 값비싼 거래구나!

내 목숨을 원수에게 저당 잡히다니.

벤볼리오   흥이 한창이니 이제 가세.

로미오   그래, 그래야 할 것 같아.

여기 있을수록 겁이 나고 불안해.

캐풀릿   아니 여러분, 가지 마십시오.

조촐한 다과가 준비되어 있습니다.

정말 가시겠다는 겁니까?

그럼 여러분, 고맙습니다.

훌륭한 신사 여러분, 고맙습니다. 안녕히 가십시오.

횃불을 더 밝혀라! 자, 그럼 자러 갑시다.

여봐라, 정말 밤이 깊었구나.

나도 자러 가야겠다. (줄리엣과 유모만 남고 모두 퇴장.)

줄리엣   이리 좀 와요, 유모. 저기 저 신사는 누구지?

유모   티베리오 영감님의 아들이자 상속자이죠.

줄리엣   지금 막 문으로 나가시는 분은?

유모   글쎄, 페트루치오 도련님인 것 같은데요.

줄리엣   그 뒤를 따라가는 분은 누구지? 춤도 안 추시던데?

유모   모르겠어요.

줄리엣   그분 이름을 물어 봐.

그분이 결혼한 사람이라면

내 무덤이 내 신방이 될지도 몰라.

유모   그분 이름은 로미오. 몬태규 집안사람이죠.

  불구대천 원수 집안의 외아들이죠.

줄리엣   아, 하나뿐인 내 사랑이

  단 하나뿐인 증오에서 싹트다니!

  알지도 못한 채 너무 일찍 보았고,

  알고 보니 너무 늦었구나!

  아, 불길한 사랑의 탄생이여!

  가증스런 원수를 사랑하게 될 줄이야!

유모   그게 무슨 말인가요?

줄리엣   방금 함께 춤춘 사람에게 배운 시구절이야.

  (안에서 '줄리엣' 하고 부른다.)

유모   곧 갈게요, 곧!

  자, 들어가시죠. 손님들도 모두 가셨어요.

  (퇴장.)

제2막

몬태규란 이름이 아니라도 당신은 당신이죠.
몬태규가 무엇이죠?
손도 발도 팔도 얼굴도 아니고,
사람의 신체 그 어느 부분도 아니지요.
제발 다른 이름을 택하세요.
이름이 무슨 소용이 있나요?
장미를 다른 이름으로 불러도
그 향기는 그대로 남을 것이 아니겠어요?
그러니 당신이 로미오란 이름으로 불리지 않아도
당신의 본래 미덕은 그 이름과는 상관없이
그대로 남을 게 아닌가요?

2막 프롤로그

코러스 등장.

코러스   이제 옛 욕망은 죽음의 자리에 눕고,
새로운 애정은 그 자리를 물려받는다.
한 미녀를 사랑하여 죽을 것처럼 신음했지만
아름다운 줄리엣에 비하면 미녀가 아니로구나.
이제 로미오와 줄리엣은 상대방의 매력에
흠뻑 빠져들어 서로를 깊이 사랑한다.
하지만 로미오,
원수로 여겨야 할 여인에게 사랑을 호소하고,
줄리엣은 위험한 낚시 바늘에서
달콤한 사랑의 미끼를 훔쳐야 한다.
로미오, 원수지간인 줄리엣에게 가까이 다가가
연인들이 늘 하는 사랑의 맹세조차 속삭일 수 없구나.
줄리엣, 로미오를 사랑하는 마음 간질하나
새 연인을 만날 길이 끼미득하구나.
그러나 정열은 힘을 주고
시간은 기회를 주어 서로를 만나게 하니,
크나큰 기쁨이 크나큰 고통을 덜어 주는구나. (퇴장.)

2막 1장   베로나. 캐풀릿 저택 정원의 바깥담 오솔길

로미오 등장.

로미오   마음이 여기 머물려고 하는데
내 어찌 지나칠 수 있을까?
둔한 흙덩이여, 발길을 돌려
몸의 중심을 찾아라.
(담을 기어 올라가 안으로 뛰어 들어간다.)

벤볼리오, 머큐쇼 등장.

벤볼리오   로미오! 내 사촌 로미오!
머큐쇼   로미오는 영리해.
틀림없이 몰래 집으로 자러 갔을 거야.
벤볼리오   이 길로 달려와 바로 여기 정원의 담을 넘었어.
머큐쇼, 자네가 좀 불러 봐.
머큐쇼   그래, 주문을 외어 불러내지.
로미오! 번덕갱이! 미지팽이! 석성에 빠진 자! 연인!
한숨짓는 모습으로 냉큼 나타나거라.

노래라도 한 곡조 뽑아 봐.

그래야 내가 안심할 거 아냐.

'그래, 나야!'라고 외치든,

'내 사랑'이든 '자기'든 무슨 말이든 좀 해 봐.

수다쟁이 비너스에게 고운 말 한 마디라도 해 봐.

비너스의 눈먼 아들이며 상속자인

젊은 아브라함 큐피드의 별명 하나라도 대 봐.

코페투아 왕이 큐피드 화살에 정통으로 맞아

거지 계집을 사랑하게 됐다고들 하잖아.

이런, 로미오는 들은 척도 하지 않고,

꼼짝달싹도 하지 않는군.

이 원숭이 같은 놈이 죽었군.✛

그럼 난 주문이나 외워야지.

로절라인의 빛나는 두 눈에 두고,

높다란 이마와 붉은 입술에 두고,

멋진 발과 미끈한 다리에 두고,

후들거리는 허벅다리에 두고,

그리고 그 옆의 언저리에 두고 그대를 부르노니,

살아생전 그대의 모습으로 우리 앞에 나타나라.✛✛

✛ 손님들 앞에서 죽는 시늉을 하는 원숭이를 두고 하는 이야기임.
✛✛ 로미오를 죽은 사람으로 간주하고 귀신을 불러내는 수작임.

벤볼리오	자네 말을 들으면 로미오가 성을 낼 것 같아.
머큐쇼	내 말 때문에 로미오가 성을 내진 않을 거야.
	하지만 제 애인의 동그라미 안에
	천성이 생소한 영혼을 불러 일으켜 세워서,
	그녀가 주문을 외어
	그것을 힘없이 쓰러지게 할 때까지
	그곳에 버텨 서 있게 하면
	로미오가 화를 낼지도 모르지.
	그건 화나게 할 만한 일이니까.
	하지만 좀 전에 내가 한 주술은 정당해.
	로미오 애인의 이름을 빌려
	그를 되살려 달라고 주문을 외웠을 뿐이니까.
벤볼리오	가세. 로미오는 이 나무들 틈에 숨어 버렸어.
	로미오는 습기 찬 밤을 벗으로 삼으려나 봐.
	사랑에 눈이 멀었으니, 밤의 어둠이 제격이지.
머큐쇼	사랑에 눈이 멀었다면
	과녁을 제대로 맞힐 수 없을 테지.
	로미오는 지금쯤 모과 나무 아래 앉아서
	자기 애인도 모과 열매✝ 같으면
	좋겠디고 바라고 있을걸.

✝ 모과의 모양이 여자의 궁둥이를 닮았다 해서 '벌어진 궁둥이(open-arse)'라고 부른다.

처녀들은 모과 열매 이름을 불러 보고 혼자 웃는다나.

아, 로미오! 그녀는 벌어진 모과 열매가 되고

자넨 길쭉한 배라면 좋겠지.

로미오, 잘 있게. 난 내 초라한 침상으로 가야겠네.

이 야외의 침대는 너무 추워서 잠을 잘 수가 없군.

자, 우린 그만 가 볼까?

벤볼리오　　　　그만 가세.

발각되지 않으려고 애쓰는 사람을 찾는 일은

헛수고일 뿐이야. (모두 퇴장.)

2막 2장 베로나. 캐풀릿 저택 정원

로미오 등장.

로미오 상처가 난 적 없는 사람은
남의 상처를 비웃는 법이지.
(줄리엣, 이층 창문에 등장.)
쉿! 저 창문에서 터져 나오는 빛은 뭘까?
저기는 동쪽! 그럼 줄리엣은 태양이다.
찬란한 태양이여,
밝게 떠올라 시샘하는 달님을 죽여 다오.
달의 시녀인 그대, 달보다 훨씬 더 아름답구려.
그래서 달은 슬픔으로 병들고 창백해져 버렸구나.
달님이 시샘하고 있으니
이제 달의 시녀 노릇은 그만두시오.
달님에게 마음을 바친 처녀의 옷은
창백한 초록빛인데,
바보 아니면 누가 그런 옷을 입겠소.
그걸 벗어 버리시오.
당신은 내 연인, 아! 당신은 내 사랑!

아! 당신이 이런 마음을 알아주었으면!

입을 여는군. 하지만 아무 말도 하지 않는군.

그럼 어때?

저 여인의 눈이 말을 하고 있으니 대답해 보자.

그런데 그건 너무 뻔뻔스러운 일 아닐까.

아니, 내게 말을 거는 것도 아닌데 괜찮겠지.

온 하늘에서 가장 아름다운 두 개의 별이

저 여인의 두 눈에 간청하고 있어.

볼일이 있으니 그 일을 마치고 돌아올 때까지

자신의 별자리에서 대신 반짝여 달라고 말이야.

만약 저 여인의 두 눈과 그 별이

자리를 바꾼다면 어떻게 될까?

햇빛이 등불을 무색하게 만드는 것처럼

저 여인의 찬란한 두 볼이 별빛을 무색하게 할 거야.

하늘로 간 저 여인의 두 눈이 창공을 환하게 비추니,

새들도 밤이 아닌 줄 알고 노래할 거야.

손으로 볼을 괴고 있는 모습을 봐!

내가 차라리 저 여인의 손에 끼워진 장갑이라면

얼마나 좋을까.

그러면 저 여인의 볼에 닿아 볼 수 있을 텐데······.

줄리엣　아, 정말!

로미오	그녀가 말을 하는군.
	아! 다시 말해 보시오, 빛나는 천사여!
	그대는 오늘 밤, 날개 돋친 하늘의 사자처럼
	내 머리 위에서 찬란히 빛나고 있소.
	천사가 서서히 피어오르는 구름을 밟고
	하늘 한복판을 성큼성큼 걸어갈 때
	이를 본 사람들은 놀라 뒷걸음질 치고
	눈이 허옇게 뒤집히는 것처럼,
	당신이 꼭 그 천사와 같군요.
줄리엣	오, 로미오, 로미오! 당신은 왜 로미오인가요?
	당신의 아버질 부정하고 그 이름을 버리세요.
	그게 어렵다면, 절 사랑한다고 맹세하세요.
	그럼 저도 캐퓰릿 가문의 이름을 버리겠어요.
로미오	(방백) 좀 더 들어 볼까,
	아니면 말을 걸어 볼까?
줄리엣	당신의 이름만이 내 원수지요.
	몬태규란 이름이 아니라도 당신은 당신이죠.
	몬태규가 무엇이죠?
	손도 발도 팔도 얼굴도 아니고,
	사람의 신체 그 어느 부분도 아니지요.
	제발 다른 이름을 택하세요.

이름이 무슨 소용이 있나요?

장미를 다른 이름으로 불러도

그 향기는 그대로 남을 것이 아니겠어요?

그러니 당신이 로미오란 이름으로 불리지 않아도

당신의 본래 미덕은 그 이름과는 상관없이

그대로 남을 게 아닌가요?

로미오, 당신과 아무런 상관없는 그 이름을 버리시고

대신 저를 송두리째 가지세요.

로미오   당신 말대로 당신을 가지겠소.

날 연인이라고 불러 주시오.

그럼 다시 세례를 받고,

지금부터 로미오란 이름을 영영 버리겠소.

줄리엣   이렇게 칠흑 같은 밤에

숨어서 남의 비밀을 엿듣고 있는 당신은 누구시죠?

로미오   이름을 밝히라고 하시면

절 누구라고 말씀드려야 할지 모르겠습니다.

사랑하는 성녀님, 제 자신도 제 이름을 싫어합니다.

그 이름이 당신 원수 집안의 이름이기 때문이죠.

종이에 적혀 있다면

그 이름을 갈기갈기 찢어 버리고 싶소.

줄리엣   그대 입에서 나온 말을

제 귀로 들은 것이 백 마디도 되지 않지만,

저는 그 음성을 알지요.

그대는 몬태규 가문의 로미오 님이 아니신가요?

로미오 당신이 싫다면,

난 그 어느 쪽도 아니오, 아름다운 아가씨.

줄리엣 어떻게 여길 오셨나요?

그리고 무엇 때문에 오셨나요? 어서 말해 주세요.

정원의 담은 높아서 오르기 어렵고,

당신 신분을 생각해 볼 때, 제 친척 중 누군가

당신이 여기 계시는 걸 발견하는 날에는

이곳은 죽음의 장소가 될 게 분명합니다.

로미오 사랑의 가벼운 날개를 타고 이 담을 넘어왔지요.

돌담이 어찌 사랑을 막을 수 있겠습니까.

또한 사랑은 해낼 수 있는 일이라면

무엇이든 해내지요.

그러니 어찌 당신 친척들이 날 막을 수 있겠소.

줄리엣 우리 집안사람들에게 들키면

당신은 죽음을 면치 못할 거예요.

로미오 아! 그들의 칼 스무 자루보다

당신 눈 속에 더 많은 위험이 도사리고 있소.

그대가 정다운 눈길로 봐 준다면,

난 그들의 적개심쯤은 대수롭지 않게 막아 낼 수 있소.

줄리엣   어찌 되었든 당신이

들키지 않았으면 좋겠어요.

로미오   난 밤이라는 외투를 걸치고 있어서

사람들 눈에 띄지 않을 것이오.

당신에게 사랑받지 못한다면

차라리 여기서 들켜 버리는 게 낫겠소.

당신에게 사랑받지 못하고 죽음을 미루며 사느니,

차라리 그들의 증오심으로

내 생명을 끝장내는 게 더 낫겠소.

줄리엣   누구의 안내로 이곳을 찾아오셨나요?

로미오   사랑이 안내했지요.

처음에 알아보라고 날 재촉한 것도 사랑이고,

충고해 준 것도 사랑이오.

난 사랑에게 눈만 빌려 준 셈이죠.

난 키잡이는 아니지만,

당신 같은 보배를 얻을 수만 있다면,

파도가 출렁이는 먼 바다라도 찾아가겠소.

그 어떤 모험이라도 감수하고 말이오.

줄리엣   당신도 알겠지만,

제 얼굴에 밤의 가면이

드리워 있으니 망정이지,
그렇지 않았으면 제 볼은
수줍은 처녀의 마음으로
붉게 붉게 물들었을 거예요.
오늘 밤 당신은
제가 한 말을 엿들었으니까요.
저는 체면도 차리고,
제가 했던 말을
정말 취소하고도 싶어요.
하지만 체면 같은 건 상관없어요!
당신은 정말 절 사랑하시나요?
물론 '그렇다'고 말하시겠죠.
저도 그 말을 믿겠어요.
하지만 아무리 맹세한다 해도
언젠가는 거짓으로
밝혀질지도 모르죠.
연인들의 거짓말은
제우스 신께서도
웃어넘긴다고들 하죠.
아, 그리운 로미오 님!
저를 사랑하신다면

솔직히 사랑한다고 말씀하세요.
저를 너무 쉽게 손에
넣었다고 생각하시나요?
그럼 전 심통을 부리고
얼굴을 찌푸리며
당신을 거절하겠어요.
그럼 다시 구애를 하셔야 해요.
하지만 구애하지 않으실
거라면 그리할 순 없죠.
사실은요, 멋진 몬태규 님,
전 바보처럼 정말
좋아하고 있어요.
당신이 제 행동을 경박하다고
생각할지도 모르겠어요.
하지만 믿어 주세요,
몬태규 님.
수줍은 체하면서
수를 부리는 여자들보나는
제가 더 진실한 여자라는 걸
보여 드리겠어요.
고백합니다.

저도 모르는 사이에 제 진정한 사랑의 고백을

엿듣지만 않았다면 좀 더 쌀쌀맞게 대했을 거예요.

그러니 용서하시고,

이렇게 마음을 털어 놓는 걸

경솔한 사랑이라고 꾸짖진 마세요.

사랑이 밤의 어둠 때문에 그만,

탄로 나고 말았으니까요.

로미오 아가씨, 저기 저 축복받은 달을 두고 맹세하겠소.

이 과일나무들 꼭대기를 온통 은빛으로

물들이고 있는 달을 두고…….

줄리엣 아! 변덕스런 달님을 두고 맹세하진 마세요.

천체의 궤도를 따라 돌면서 달마다

변하는 게 달님이니까요.

당신의 사랑 역시 그 달님처럼 변할까 두렵답니다.

로미오 그럼 무엇을 두고 맹세할까요?

줄리엣 절대로 맹세는 하지 마세요.

꼭 맹세를 하시겠다면

고상한 당신 자신을 두고 맹세하세요.

당신은 제가 우상처럼 생각하는 신이시니,

당신을 믿겠어요.

로미오 내 가슴속에 귀한 사랑이…….

줄리엣	맹세는 하지 마세요.
	당신을 만나 기쁘지만,
	오늘 밤 이런 사랑의 맹세는 그리 기쁘지 않아요.
	이건 어쩐지 너무나 무모하고, 너무나 갑작스러워서,
	'저것 봐'라고 말할 새도 없이
	사라져 버리는 번개 같아요.
	내 사랑, 그럼 안녕히!
	이 사랑의 꽃봉오리는,
	만물을 성숙하게 하는 여름철 미풍을 받아
	우리가 다시 만날 때
	아름다운 꽃으로 피어나게 될 거예요.
	안녕, 안녕히 가세요!
	제 가슴과 당신 가슴에
	달콤한 안식과 휴식이 깃들기를!
로미오	아! 이렇게 아쉬움만 남긴 채 작별해야 합니까?
줄리엣	그럼 오늘 밤 어떻게 해야 아쉽지 않을까요?
로미오	나와 당신이 진정한 사랑의 맹세를 교환한다면
	아쉽지 않을 것이오.
줄리엣	당신이 청하기도 전에 전 이미 사랑의 맹세를 했어요.
	하지만 다시 맹세를 했으면 좋겠군요.
로미오	맹세를 거두겠다는 말이오?

내 사랑, 무엇 때문에?

줄리엣 다만 당신에게

마음껏 다시 드리기 위해서랍니다.

그러고 보니 제가 가진 애정을

제가 탐내고 있군요.

제 마음은 바다처럼 끝이 없고,

제 사랑은 바다처럼 깊답니다.

당신께 드리면 드릴수록 전 더 많이 갖게 된답니다.

제 마음과 사랑은 무한하니까요. (유모가 안에서 부른다.)

안에서 무슨 소리가 나요.

사랑하는 임이시여, 안녕!

곧 갈게, 유모!

사랑하는 몬태규 님, 변치 마세요.

잠시만 계세요. 다시 돌아올게요. (줄리엣 퇴장.)

로미오 아! 참으로 축복받은 밤이다.

지금이 밤이니

이 모든 게 꿈이 아닐까 두렵구나.

너무나 달콤해서 현실이 아닌 것 같아.

줄리엣, 이층 창문에 다시 등상.

줄리엣	세 마디만 더 말씀드릴게요, 그리운 로미오 님.
	그 다음엔 정말 안녕히 가세요.
	당신의 사랑이 진심이고,
	당신이 저와 결혼할 뜻이 있다면
	내일 제게 알려 주세요.
	당신에게 사람을 보낼 테니
	언제 어디서 결혼식을 올릴지 알려 주세요.
	그럼 저는 제 운명을 송두리째 당신 발 아래 바치고,
	주인이신 당신을 따라
	이 세상 어디라도 갈 작정입니다.
유모	(안에서) 아가씨.
줄리엣	곧 갈게.
	그러나 당신 뜻이 진심이 아니라면
	제발 부탁이니……..
유모	(안에서) 아가씨!
줄리엣	곧 간다니까.
	이번 일은 없던 걸로 해 주시고,
	제가 슬픔에 잠기도록 놔두세요.
	내일 사람을 보내겠어요.
로미오	맹세코.
줄리엣	그럼 천 번이라도 안녕히! (퇴장.)

로미오	당신이란 빛을 잃으니 천 배나 더 아쉬운 밤이오.
	연인을 보러 갈 땐 수업을 마친 아이처럼 즐겁지만,
	연인과 헤어질 땐
	등교하는 아이처럼 표정이 어두운 법이지요.
	(물러난다.)

줄리엣 이층 창문에 다시 등장.

줄리엣	쉿! 로미오 님. 쉿!
	아! 매사냥꾼의 소리로
	저 매를 다시 불러들일 수 있다면 얼마나 좋을까?
	갇혀 있는 몸이라 감히 큰 소리를 낼 수가 없네.
	그렇지 않다면 저 메아리의 신이 사는
	동굴을 찢어 허공에 울려퍼지는
	그녀의 목소리가 내 목소리보다 더 쉴 때까지
	로미오 님의 이름을 거듭거듭 불러 보련만.
로미오	내 이름을 부르는 건 바로, 내 영혼 줄리엣이야.
	밤에 듣는 은방울처럼 감미로운 연인의 목소리는
	참으로 달콤한 음악이로구나.
줄리엣	로미오 님!
로미오	내 사랑!

줄리엣	내일 몇 시에 사람을 보낼까요?
로미오	아홉 시에 보내 주시오.
줄리엣	꼭 그렇게 할게요.
	그때까지 20년이나 남은 것 같군요.
	그런데 내가 왜 당신을 다시 불렀는지 잊어 버렸어요.
로미오	생각날 때까지 여기 서 있겠소.
줄리엣	계속 거기 서 계시도록 잊어버린 채로 있겠어요.
	당신이 곁에 계셔서 얼마나 기쁜지 몰라요.
로미오	나도 이곳 외의 다른 곳은 다 잊고 이대로 서 있겠소.
	당신이 모든 걸 잊은 채 거기 있을 수 있도록 말이오.
줄리엣	벌써 날이 새고 있군요. 이제 돌아가셔야죠.
	하지만 장난꾸러기의 손에 잡혀 있는 새보다
	더 멀리 가시지는 마세요.
	장난꾸러기는 손에서 새를 좀 풀어 놓았다가도,
	새의 자유가 샘이 나
	새를 얽어맨 비단실을 다시 잡아당긴다고 하지요.
	마치 사슬에 얽힌 불쌍한 죄수처럼 말이에요.
로미오	나도 그런 새가 되고 싶소.
줄리엣	로미오 님, 저도 그랬으면 좋겠어요.
	하지만 애지중지하다가 당신을 죽일까 두려워요.
	안녕, 안녕! 이별이란 이렇게도 감미로운 슬픔,

그러니 날이 샐 때까지 안녕이란 말을 계속하겠어요.

(퇴장.)

로미오 당신의 두 눈엔 잠이 깃들고 가슴엔 평화가 깃들기를!

내가 잠이 되고 평화가 되어

당신의 달콤한 눈과 가슴에서 쉴 수 있었으면!

이 길로 신부님에게 가서 도움을 청하고

내게 주어진 행운에 대해 말씀드려야지. (퇴장.)

2막 3장 베로나. 로렌스 신부의 사제관

로렌스 신부가 바구니 하나를 들고 등장한다.

로렌스 회색 눈의 아침이 찌푸린 밤을 보고 미소 짓고,
쏟아지는 빛살이 동녘 구름을 줄무늬로
장식하는구나.
얼룩진 어둠이 술 취한 사람처럼 비틀거리면서
태양신의 수레바퀴가 만들어 놓은
낮의 길로 빠져나가는구나.
자, 이제 곧 태양이
이글거리는 눈을 쳐들어 낮에 기운을 주고
축축한 밤이슬을 말려 버릴 것이다.
그러기 전에 독초와 귀한 약즙이 들어 있는 꽃들로
이 버들 바구니를 가득 채워야겠다.
자연의 어머니인 대지는 자연의 무덤이기도 하고,
자연의 무덤인 그 대지는 또한 자연의 모태이기도 하지.
그 모태에서 온갖 자식들이 태어나
대지의 가슴에서 젖을 빨고 있어.
많은 약초들이 여러 가지 뛰어난 약효를 지니고 있지.

어느 하나라도 약효가 없는 게 없고,

그 약효 또한 가지각색이구나.

아! 약초와 풀과 돌의 본성에는

매우 강력한 어떤 힘이 깃들어 있는 게 틀림없어.

이 세상의 아무리 보잘것없는 것이라도

사람들에게 특별한 효험을

주지 않는 게 하나도 없지 않은가.

아무리 좋은 것이라도 잘못 사용하면

타고난 성질을 저버리고 해를 끼치는 법.

덕도 잘못 사용하면 악으로 변하고

악도 활용하기에 따라서 귀한 것이 될 수 있어.

이 연약한 꽃봉오리 속에는

독도 들어 있고, 약효도 들어 있지.

냄새를 맡으면 신체의 각 부분이 상쾌해지지만

맛을 보면 심장과 함께

신체의 모든 감각이 멈춰 버리니까.

초목뿐만 아니라 우리 인간의 내부에도

서로를 적대시하는 미덕과 악덕이란

힘이 늘 진을 치고 있지.

그래서 악이 성한 곳에서는 곧 죽음이라는 벌레가

인간이라는 식물을 갉아먹어 버리지.

로미오 등장.

로미오	안녕하십니까, 신부님!
로렌스	그대에게 하느님의 축복이!

이른 아침에 날 반기면서 인사하는 그대는 누구신가?

젊은이, 이렇게 일찍 잠자리에서 일어나

인사하는 걸 보니 무슨 근심이 있는 것 같군.

늙은이의 눈은 근심 걱정으로 늘 잠을 이루지 못하지.

근심 걱정이 있는 곳에는

잠이 깃들지 못하는 법이니까.

하지만 근심 걱정 없는 젊은이가 사지를 펴고 누우면

황금과도 같은 달콤한 잠에 지배당하는 법이야.

이렇게 일찍 일어난 것을 보니,

무슨 근심 때문에 잠을 자지 못한 게 분명하군.

그렇지 않다면— 내가 정확하게 맞혀 보지—

로미오, 넌 간밤에 잠자리에 들지도 않았거나…….

로미오	자지 않은 건 사실이지만

잠보다 더 달콤한 휴식을 취했지요.

로렌스	하느님 맙소사! 로절라인과 함께 있었던 거냐?
로미오	로절라인이라고요, 신부님? 아닙니다.

전 그 이름도, 그 이름이 주던 고통도 잊었습니다.

로렌스	그래, 잘했다. 그럼, 도대체 어디 있었느냐?
로미오	제게 다시 물으시기 전에 말씀드리겠습니다.
	전 제 원수 집에서 거행한 연회에 참석했습니다.
	거기서 갑자기 어떤 사람에게 상처를 입었고,
	그 사람도 제게 상처를 입었습니다.
	저희 둘의 회복은 오직 신부님의 도움과
	신성한 치료법에 달려 있습니다.
	거룩하신 신부님, 전 어떤 원한도 없습니다.
	자, 보세요! 제 애원은 제 원수에게도 도움이 됩니다.
로렌스	솔직하게 말하게, 로미오.
	똑바로 이야기해야지.
	수수께끼 같은 고백을 하면
	수수께끼 같은 용서밖에 받을 수 없어.
로미오	그럼 분명하게 말씀드리죠.
	전 부유한 캐퓰릿 집안의 아름다운 따님에게
	제 순정을 바쳤습니다.
	제가 그녀에게 순정을 바쳤듯
	그녀 역시 제게 순정을 바쳤지요.
	모든 것이 다 이루어졌습니다.
	신부님께서 성스러운 결혼식으로
	저희를 맺어 주시기만 하면 됩니다.

우리가 언제, 어디서, 어떻게 만나 구혼을 하고
서로 사랑을 맹세했는지 차차 말씀드리겠습니다.
다만 부탁드릴 게 있습니다.
저희들이 오늘 결혼할 수 있도록 허락해 주십시오.

로렌스 하느님 맙소사! 이 무슨 변덕이람.
로절라인은 네가 그토록
열렬히 사랑했던 여인이 아닌가?
어떻게 그토록 쉽게 저버릴 수가 있는 게냐?
젊은이들의 사랑이란
마음속에 있지 않고 눈 속에 있나 보구나.
기가 막힌 일이로구나!
네가 로절라인 때문에
얼마나 많은 눈물로 네 창백한 뺨을 씻었더란 말이냐.
맛없는 사랑에 간을 맞추기 위해
얼마나 많은 짜디짠 눈물을 헛되이 흘렸더란 말이냐.
아직도 태양은 네 한숨으로 생긴 구름을
하늘에서 거두지도 않았고,
아직도 네 신음소리가
늙은 내 귀에 쟁쟁하게 울리고 있구나.
자, 보거라! 네 볼에는 이전에 흘렸던 눈물 자국이
아직 씻기지 않고 남아 있질 않느냐.

네가 이전의 네 자신이고, 그 고민들이 네 것이라면

이러한 네 고민들은 모두 로절라인 때문이었어.

아니 사람이 변했단 말인가?

그럼 이 말을 한번 외워 봐.

'사내자식을 못 믿을 세상이니,

타락한 여자인들 어찌 탓하리요.'

로미오 신부님께선 제가 로절라인을 사랑한다고

    자주 꾸짖으셨지요.

로렌스 사랑해서가 아니라

    사랑에 넋을 잃었기 때문이었어.

로미오 그리고 사랑을 묻으라고 하셨지요.

로렌스 무덤도 아닌데, 하나를 묻고

    또 다른 하나를 파내라는 건 아니었지.

로미오 제발 절 꾸짖지 마십시오.

    전 지금 정에는 정으로

    사랑에는 사랑으로 보답하는

    여인과 사랑에 빠졌습니다.

    하지만 로절라인은 그렇지 않았습니다.

로렌스 아! 로절라인이 사람을 잘 본 거지.

    넌 사랑을 뇌까릴 줄만 알았지

    사랑이란 글자도 모르는 놈이구나.

어쨌든 이리 와, 이 줏대 없는 젊은 놈.

자, 나와 함께 가자.

널 도와주마.

이 연분이 다행히 좋은 결과를 가져와

두 집안의 원한이 진정한 사랑으로

바뀔는지도 모르는 일이니까.

로미오 아! 어서 앞장서세요, 마음이 급해지는군요.

로렌스 현명하게 그리고 천천히 진행해라.

급히 달리면 넘어지는 법이지. (퇴장.)

2막 4장 베로나 거리

벤볼리오와 머큐쇼 등장.

머큐쇼   로미오는 도대체 어디에 있지?

지난밤에 집에 들어오지 않았지?

벤볼리오   하인에게 물어봤는데,

제 부친 집에는 들어오지 않았어.

머큐쇼   창백하고 무정한 계집애 로절라인 때문에

하도 고민을 해서

로미오는 분명 미쳐 버렸을 거야.

벤볼리오   캐풀릿 영감의 친척인 티볼트가

로미오의 부친 댁으로 편지를 보내왔어.

머큐쇼   도전장이 틀림없을 거야.

벤볼리오   로미오는 분명 답장을 쓸 거야.

머큐쇼   글을 쓸 줄 아는 사람이면 누구나 답장을 쓸 수 있지.

벤볼리오   아니, 그 도전에 응한다고 회답을 할 거라는 말일세.

머큐쇼   아! 가련한 로미오. 로미오는 벌써 죽은 목숨이야.

얼굴이 희멀건 계집의 까만 눈에 찔리고,

사랑 노래에 귀가 뚫리고,

눈먼 소년 궁수의 연습용 화살에

심장 한가운데를 찢겼어.

그런 자가 과연 티볼트를 상대할 수 있겠어?

벤볼리오   티볼트가 대체 어떤 작자이기에 그래?

머큐쇼   고양이 왕보다 한술 더 뜨는 놈이라고 할 수 있지.

제법 예의범절을 지키는 용사라네.

악보에 따라 노래 부르듯

시간과 거리와 박자를 맞춰 싸우지.

잠깐 쉬는 듯하다가, 하나, 둘, 셋 하면

번개같이 상대 가슴을 찌른다네.

검술의 명수요, 칼잡이 중 칼잡이라고 할 수 있다네.

문벌도 이름난 신사라서

결투할 때마다 일일이 격식을 따진다는군.

아! 천하무적의 앞찌르기! 뒤찌르기! 마무리 찌르기!

벤볼리오   뭐 찌르기라고?

머큐쇼   돼먹지 못한 말을 괴상하게 떠벌리는

빌어먹을 몽상가 놈들 말이야!

신식 유행어나 조잘대는 놈들!

'정말 뛰어난 검객! 정말 용감한 대장부!

정말 훌륭한 남창놈!' 이라나?

아니, 영감님, 이거야말로 개탄할 일이 아니겠소.

저 이상한 아니꼬운 자들,

유행이나 좇아다니는 놈들,

늘 신식만 찾다 보니, 헌 의자엔 뼈가 아파서

편히 앉을 수도 없다는 저 겉멋만 잔뜩 든 놈들,

오! '실례합니다, 실례'를 연발하는 웃긴 놈들!

로미오 등장.

벤볼리오   로미오가 이리로 오는군. 로미오!

머큐쇼   얼이 빠져, 마치 말린 청어 같군.

아! 멀쩡한 몸이 어쩌다 생선 꼴이 되었지!

페트라르카⁺가 애써 지었던 연가를

로미오도 짓는다는군.

자기 애인에 비하면 페트라르카의 애인 로라도

부엌데기에 불과하다더군.

하지만 로라가 연가를 더 잘 짓는 시인을

애인으로 가졌지.

제 애인에 비하면 디도⁺⁺도 추녀에 지나지 않고,

⁺ 페트라르카(1304~1374) : 이탈리아의 시인이자 학자. 초기 인문주의자의 한 사람으로 작품에 『칸초니에레』, 서사시 『아프리카』가 있고, 저서에 『고독한 생활에 대하여』 등이 있다.
⁺⁺ 디도 : 그리스 신화에 나오는 페니키아의 여왕으로 카르타고를 건설하였다. 영웅 아이네이아스에게 실연당하여 자살하였다고 한다.

클레오파트라는 집시,

헬렌⁺과 헤로⁺⁺도 갈보에 지나지 않고,

푸른 눈인지 뭔지를 가진 티스베⁺⁺⁺도

별 볼일 없는 계집이라는군.

로미오 나리, 봉 주르.

프랑스식 바지를 입었으니 프랑스식 인사를 하겠네.

자넨 간밤에 우리를 감쪽같이 속였어.

로미오 　　두 사람 모두 밤새 별일 없었나?

내가 도대체 뭘 속였단 말인가?

머큐쇼 　　몰래 살짝 빠져나갔잖아? 무슨 말인지 모르겠나?

로미오 　　용서하게, 머큐쇼.

사람이라면 예의를 차려야겠지만,

워낙 중요한 일이었다네.

머큐쇼 　　그럼 자네와 같은 경우를 당하면

부득이 무릎을 굽혀 절을 해야 한다는 말이군.

로미오 　　무릎을 굽혀 절을 하라고?

머큐쇼 　　거 참 제대로 알아듣는군.

로미오 　　정말 예의범절에 맞는 해석이군.

✚헬렌 : 트로이 전쟁의 원인이 되었던 그리스의 미인.
✚✚헤로 : 아프로디테의 여신관으로 리앤더와의 슬픈 사랑 이야기로 유명하다.
✚✚✚티스베 : 피라무스를 사랑한 바빌론의 미녀. 피라무스는 티스베가 사자에게 잡아먹힌 줄 알고 자살한다. 그러자 티스베도 피라무스를 따라 자살한다.

머큐쇼	그럼, 난 예의범절의 정화(精華)거든.
로미오	그럼 꽃이란 말인가?
머큐쇼	맞아.
로미오	그래, 여기 내 신발에도 꽃무늬가 있지.
머큐쇼	말 잘했네. 그럼 어디,
	자네 신발이 다 닳아 없어질 때까지
	이 농담을 따라와 보게.
	그럼 외겹 밑창이 다 문드러져도
	재담만은 바닥나지 않고 그대로 남아 있을 걸세.
로미오	아, 쓸데없는 재담이라!
	그 우매함을 겨룰 재간이 없구나.
머큐쇼	벤볼리오, 좀 도와주게.
	내 말재간으론 숨이 넘어갈 것 같아.
로미오	채찍과 박차, 채찍과 박차를 가하게!
	아니면 결판이 났다고 소리치겠네.
머큐쇼	아니, 허황한 말재주 시합을 하자고 하면,
	내가 두 손 들겠네.
	허황한 재담으로 말하지면,
	자네가 나보다
	다섯 배쯤이나 더 많이 갖고 있으니까.
	바보 같은 짓 하는데는 나도 자네 못지않지?

101

로미오	멍청한 짓 할 때가 아니면
	자네는 나와 함께 있어 본 적이 없지.
머큐쇼	그런 농담을 계속하면 자네 귀를 깨물어 주겠네.
로미오	아니, 이 멍청한 친구. 깨물지 마.
머큐쇼	자네 말재주는 시고 달콤한 사과 같아.
	정말 톡 쏘는 양념 같아.
로미오	그럼 거위 요리에 안성맞춤이지 않겠나?
머큐쇼	아! 여기 양가죽처럼 잘 늘어나는 말재주 좀 봐.
	1인치에서 45인치까지 넓게 마구 늘어나는걸.
로미오	'넓다' 라는 말이 나왔으니, 그걸 좀 더 늘려 볼까.
	'넓다' 라는 말을 바보라는 말에 보태면,
	자넨 천하에 둘도 없는 바보가 되어 버리지.
머큐쇼	그렇지만 사랑 때문에 신음하는 것보다는
	낫지 않을까?
	이제 제법 어울리는군. 역시 자네는 로미오야.
	이제야 재담으로나 천성으로나
	본모습을 찾게 되었어.
	사랑 때문에 헛소릴 지껄이는 자는
	제 몽둥이를 구멍 속에 감추려고
	헛바닥을 널름거리며 뛰어다니는 바보와 같으니까.
벤볼리오	그만 해, 제발 그만 해.

머큐쇼	내 뜻을 무시하고 그만 이야기하길 애타게 원하는군.
벤볼리오	그냥 놔두면 이야기가 끝이 없겠어.
머큐쇼	아! 자네가 잘못 생각했네.
	난 짧게 하려고 했어.
	내 이야기도 바닥이 드러나 버렸으니까.
	더 이상 장황하게 늘어놓을 생각은 없었다니까.
로미오	거 참 잘됐군!

유모와 하인 피터 등장.

머큐쇼	배다! 배다!
벤볼리오	두 척이다, 두 척. 바지와 치마다.
유모	피터!
피터	네에, 갑니다.
유모	부채를 이리 줘, 피터.
머큐쇼	피터, 얼굴을 가리신단다.
	부채가 그녀 얼굴보다 더 곱질 않겠어.
유모	밤새 안녕하시오, 신사분들.
머큐쇼	'낮 동안' 안녕하시오, 아름다운 귀부인 마님.
유모	벌써 대낮이오?
머큐쇼	그럼요. 저 음탕한 해시계의 손이

지금 정오의 바로 그 지점을 꽉 잡고 있으니 말이오.

유모   제발 그만 해요. 어쩜 사람이 저럴까?

로미오   마님, 이 사람은 스스로를 망치려고

태어난 사람이지요.

유모   정말 말 한번 잘했소.

'스스로를 망치려고'라고 하셨소?

신사 양반들, 여러분 중 누가 어디 가야

로미오 도련님을 찾을 수 있을지

말씀해 줄 수 있겠소?

로미오   내가 말해 줄 수 있소.

그러나 로미오를 막상 찾아내면

당신이 찾고 있을 때보다는 더 늙어 보일 거요.

그런 이름을 지닌 사람 중 내가 제일 젊은 사람이오,

나보다 못한 사람도 없겠지만.

유모   그럴듯한 말씀이오.

머큐쇼   그래! 제일 못난 것이 그럴듯하다고?

정말 그럴듯하게 이해하는군.

똑똑하다, 똑똑해.

유모   댁이 그분이라면 조용히 드릴 말씀이 있습니다.

벤볼리오   로미오를 만찬에 초대할 모양이군.

머큐쇼   뚜쟁이다! 뚜쟁이다! 뚜쟁이다! 나왔다!

105

로미오	뭐가 나왔는데?
머큐쇼	토끼는 아니야.
	사순절 잔치 파이에 넣어 먹는 토끼는 아냐.
	먹기도 전에 상해서 곰팡이가 핀 것이지. (노래한다.)

'늙은 토끼 갈보, 늙은 토끼 갈보,

사순절 잔치엔 좋은 음식이지만,

곰팡이 핀 토끼들 때문에 돈 쓸 건 못 돼.

먹기도 전에 곰팡이가 피었으니까.'

	로미오, 아버님 댁으로 돌아갈 건가?
	거기서 식사나 하도록 하세.
로미오	뒤따라가지.
머큐쇼	그럼 안녕히, 마님.
	안녕히, 마님, 마님, 마님. (머큐쇼와 벤볼리오 퇴장.)
유모	잘들 가시오!
	온갖 쌍소리를 늘어놓던
	그 건방진 장돌뱅이는 누구예요?
로미오	스스로 지껄이는 걸 듣기 좋아하는 사람이오.
	한 달이 걸려도 못다 할 말을 단 일 분 안에
	지껄이려고 덤비는 사람이지요.

유모	내 욕을 어디 한번 해보라지. 가만두지 않을 테니까.
	보기보다 힘이 세다고 해도
	저런 자 스무 명쯤은 거뜬히 상대할 수 있어요.
	아니, 내가 못하면 상대할 수 있는
	사람을 찾아내겠어요.
	망할 자식!
	난 그런 놈의 놀림감도, 한패거리도, 살인자도 아니야.
	(하인 피터에게) 그런데 넌 어찌하여 온갖 잡놈들이
	제멋대로 날 희롱하는데 서서 보고만 있는 거냐.
피터	저는 마님을 제멋대로 희롱하는 사람을
	보지 못했는데요.
	만약 그랬다고 생각했다면
	벌써 번개같이 칼을 뽑았을 테지요.
	싸움이 벌어진 걸 보고 제 쪽이 법적으로 정당하다면
	저는 그 누구보다도 재빠르게 칼을 뽑는답니다.
유모	정말 너무 분해 온몸이 부들부들 떨리는군.
	비열한 놈들!
	그긴 그렇고, 도련님, 한 말씀만 드리지요.
	말씀드렸듯이, 우리 아가씨께서
	도련님을 찾아뵈라고 하셨습니다.
	아가씨께서 전하라고 한 말은

저 혼자만 알고 있습니다.

하지만 먼저 드리고 싶은 말씀이 있습니다.

도련님께서 세상 사람들이 말하듯

아가씨를 꾀어 바보의 낙원으로 데리고 가시면,

그건 정말 야비한 행동이 될 겁니다.

아가씨는 아직 어리니까요.

그러니 도련님께서 아가씨를 농락한다면,

그건 어떤 여성에게든 정말 고약한 짓이 될 테고,

대단히 치사한 짓이 될 겁니다.

로미오   유모, 아가씨께 안부를 전해 주시오.

유모에게 맹세하겠소. 나는…….

유모   아이고 정말! 아가씨께 꼭 전해 드리지요.

아이고, 하느님! 아가씨께서 정말 기뻐할 거예요.

로미오   유모, 아가씨께 뭘 전하겠다는 거요?

아직 내 말을 듣지도 않았잖소?

유모   아가씨께 말씀드리겠어요.

제가 보기엔 도련님께서

신사답게 맹세하시더라고요.

로미오   아가씨께 오늘 오후에 꼭

고해성사를 하러 오라고 전해 주시오.

그러면 로렌스 신부님의 사제관에서

고해성사를 하고 결혼하게 될 것이오.

수고에 대한 대가니 받아 두시오.

유모 　아닙니다, 도련님. 한 푼도 받을 수 없습니다.

로미오 　자, 그러지 말고 받아 두시오.

유모 　오늘 오후라고요? 좋아요.

아가씨께서 그리로 가게 하지요.

로미오 　유모는 성당 담 뒤에서 잠시 기다려 주시오.

그럼 곧 내 하인을 시켜

당신에게 사다리같이 엮은 줄을 전하게 하겠소.

이 줄은 비밀스런 오늘 밤에,

나를 기쁨의 절정으로 데려다 줄 것이오.

잘 가시오!

내 말대로 하면 수고에 대한 대가를 꼭 치르겠소.

잘 가시오! 아가씨께 내 안부를 꼭 좀 전해 주고.

유모 　하느님의 축복이 도련님께!

도련님, 제 말 좀 들어보세요.

로미오 　무슨 말이오, 유모?

유모 　댁의 하인은 입이 무거운 사람인가요?

두 사람끼리면 비밀이 새지 않지만

셋은 위험하다는 말을 들어 보지 못하셨나요?

로미오 　장담하겠소. 내 하인은 정말 믿음직한 놈이오.

유모	그건 그렇고, 도련님,
	우리 아가씨는 정말 귀여운 숙녀랍니다.
	아이고, 하느님!
	아가씨가 어리광을 부리던 아기였을 때,
	시내에 패리스라는 귀공자가 글쎄,
	우리 아가씨를 자기 사람으로
	만들고 싶어했답니다.
	하지만 아가씨는 글쎄, 패리스를 보느니
	차라리 두꺼비를 보는 게 더 낫겠대요.
	전 가끔 노여움을 사면서까지
	패리스가 훨씬 더 잘생긴 분이라고 말했지만,
	정말이지 그런 말을 하기가 무섭게
	아가씨는 하얀 천 조각처럼 창백해졌답니다.
	로즈메리와 로미오는 같은 글자로 시작하지 않나요?
로미오	그렇소, 유모. 그런데 그걸 왜 묻는 거죠?
	둘 다 'R'로 시작하지요.
유모	농담도 잘하시네요.
	그건 으르렁거리는 개의 이름인걸요.✚
	'로'자로 말하자면, 아니, 'R'자는 아닐 거야.
	다른 글자로 시작할 거야.

✚ 'R'자는 개가 으르렁거리는 소리를 연상시키기 때문에 하는 농담이다.

	그건 그렇고 도련님의 이름과
	로즈메리라는 꽃 이름으로
	아가씨께선 매우 훌륭한 글귀를 지었지요.
	그걸 들으면 무척 기뻐하실 것 같아 말씀드립니다.
로미오	아가씨께 내 안부를 전해 주시오.
유모	예, 천 번이라도 전하지요. (로미오 퇴장.)
	피터!
피터	대령했습니다.
유모	네가 앞서라, 어서 가도록 하자. (모두 퇴장.)

2막 5장   베로나. 캐퓰릿 저택 정원

줄리엣 등장.

줄리엣   시계가 아홉 시를 쳤을 때, 유모를 보냈어.
유모는 반 시간 안에 돌아오겠다고 약속했지.
혹시 유모가 그분을 못 만났는지도 몰라.
아니 그렇진 않을 거야.
아! 유모는 절름발이인가 봐.
'생각'이 사랑의 심부름꾼 노릇을 해야 해.
'생각'은 험한 산정 너머로 그림자를 몰아내는
햇빛보다 열 배나 더 빠르니까.
그러기에 사랑의 여신이 타는 수레는
날개가 가벼운 비둘기가 끌고,
바람처럼 재빠른 큐피드에게는 날개가 있는 거야.
이제 태양은 오늘의 여정에서
제일 높은 고갯마루에 와 있고,
아홉 시부터 열두 시까지는
세 시간이나 되는 긴 시간인데,
유모는 아직도 돌아오지 않는구나.

유모에게 애정과 끓어오르는 젊은이의 열정이 있다면

공처럼 빨리 왔다 갔다 할 텐데.

공이 왔다 갔다 하듯 내 말은 사랑하는 임에게,

그분의 말은 내게 전해 줄 텐데.

그러나 늙은이들은 대개 송장 같아.

다루기 힘들고, 느리고, 둔하고,

핏기 없는 납덩이 같아. (유모와 피터 등장.)

오, 하느님! 유모가 왔네.

반가운 유모, 어떻게 됐어?

그분을 만났어? 하인은 좀 내보내도록 해.

유모   피터, 넌 문간에서 기다려라. (피터 퇴장.)

줄리엣   자, 착하고 반가운 유모.

오, 저런! 왜 그리 슬픈 표정을 하고 있어?

슬픈 소식이라도 즐겁게 말해.

좋은 소식이라도 그렇게 찡그린 얼굴로 전해 주면

음악처럼 달콤한 소식도 욕이 돼 버릴 거야.

유모   피곤해요. 잠시 기다려 주세요.

원 참, 왜 이리 뼈마디가 쑤실까!

온몸이 지치도록 얼마나 싸다녔는지 몰라요!

줄리엣   내 뼈를 대신 줄 테니 빨리 소식을 전해 줘.

어서 제발 말 좀 해 봐. 착한 유모, 말 좀 해 줘.

113

유모	맙소사! 급하기도 하셔라.
	잠시도 기다릴 수 없단 말인가요?
	제가 숨넘어갈 지경이라는 걸 보고도 모르겠어요?
줄리엣	유모가 숨넘어갈 지경이라고?
	숨넘어갈 지경이라면서
	내게 말할 숨은 있나 보지?
	이렇게 질질 끌면서 변명하는 게
	대답하는 것보다 더 길겠어.
	좋은 소식이야? 나쁜 소식이야? 대답 좀 해 봐.
	자세한 얘기는 천천히 들을 테니
	좋은지 나쁜지 그것만 먼저 말해 봐.
	내 궁금증을 풀어 줘, 제발.
	좋은 소식이야, 나쁜 소식이야?
유모	좋아요. 아가씨는 참 바보처럼 사람을 골랐어요.
	아가씨는 사람을 고를 줄 모르더군요.
	로미오라고? 그 사람은 말도 안 돼요.
	누구와 비교해도 얼굴이 빠지는 건 아니죠.
	다리도 그 누구보다 훌륭하고,
	손과 발과 몸맵시도, 말할 가치도 없지만,
	남들과 비교할 수 없을 만큼 뛰어나죠.
	예의범절의 꽃이라고까지는 할 수 없지만

그래도 어린양처럼 정말 얌전하더군요.

아가씨, 하느님께 가서 기도하세요.

그래! 식사는 하셨나요?

줄리엣	아니, 아직. 유모가 말하는 것쯤은
	전부터 죄다 알고 있었어.

우리 결혼에 대해 그분이 뭐라고 하셨지?

뭐라고 하셨어?

유모　아이고, 골치야! 골치가 왜 이렇게 아프담.

스무 조각으로 산산조각 날 듯이 골치가 아프군.

허리까지 쑤시질 않나. 아이고, 허리야!

아가씨가 원망스러워요.

아가씨 심부름하러 이리저리 싸다니다가

다 죽을 지경이랍니다.

줄리엣　몸이 좋지 않다니 정말 미안해.

착한 유모, 말해 줘. 그이가 뭐라고 하셨지?

유모　아가씨 애인께서는 훌륭한 신사답게 말씀하셨어요.

예절 또한 바르고, 친절하고, 잘생기셨죠.

그리고 덕이 있어 보이더군요.

어머님은 어디 계시죠?

줄리엣　어머님이 어디 계시냐고? 그야 안에 계시겠지.

어디 다른 데 계시겠어?

참 이상한 대답도 다 있네.

'아가씨 애인께서는 훌륭한 신사답게 말씀하셨어요.

어머님은 어디 계시죠?'라는 말이

어떻게 같이 나올 수 있어?

유모   아니, 원 참!

그렇게 몸이 달아오르세요? 세상에 원!

이게 겨우 뼈마디가 쑤시는 데 주는 찜질약인가요?

앞으로 자기 일은 자기가 알아서 하세요.

줄리엣   왜 이렇게 수선을 떨까!

자, 로미오 님께서 뭐라고 하셨어?

유모   아가씨께선 오늘 고해성사에 가도

좋다는 허락을 받으셨나요?

줄리엣   응, 그래.

유모   그럼 서둘러 로렌스 신부님의 사제관으로 가세요.

그곳에 가면 아가씨를 아내로 맞을

서방님이 기다리고 계실 거예요.

벌써 들떠서 두 볼에 홍조를 띠는군요.

무슨 말이든 들었다 하면 금방 두 볼이 빨개진다니까.

어서 교회로 가 봐요.

저는 줄사다리를 가지러 가야 해요.

밤이 되면 곧 아가씨 애인이 줄사다리를 타고

줄리엣이란 새의 보금자리로 올라올 거예요.

전 아가씨 좋으라고

끙끙대며 고생이나 하는 팔자지요.

곧 밤이 되면 아가씨께서도 '짐'을 지셔야 할걸요.

어서 가 보세요. 전 식사 좀 해야겠어요.

어서 사제관으로 가 보세요.

줄리엣 더할 나위 없는 행운을 찾아 어서 가자!

착한 유모, 안녕. (퇴장.)

2막 6장 베로나. 로렌스 신부의 사제관

로렌스 신부와 로미오 등장.

로렌스   하느님께서 이 거룩한 의식을 축복하시고,

              훗날 슬픈 일로 저희를 책망치 마옵소서.

로미오   아멘, 아멘. 어떤 슬픔이 닥쳐와도 좋습니다.

              슬픔이 그녀를 보는 순간

              서로가 느끼게 될 기쁨을 이기질 못할 테니까요.

              신부님은 거룩하신 말씀으로

              저희 둘을 맺어 주시기만 하면 됩니다.

              사랑을 삼키는 죽음더러

              무슨 짓이든 해 보라고 하지요.

              그녀를 내 것이라고 할 수만 있다면

              전 아무것도 개의치 않습니다.

로렌스   이처럼 격렬한 기쁨은 격렬하게 끝이 나고,

              불과 화약이 마주치는 순간 폭발하듯

              승리의 절정에 이르면 기쁨도 사그라지는 법이지.

              아무리 달콤한 꿀이라도

              바로 그 단맛 때문에 싫어지게 되고

맛을 보게 되면 입맛마저 망쳐 버리는 법일세.

그러니 절도 있는 사랑을 해야 해.

오래가는 사랑은 다 그런 거야.

서두르면 살펴 가는 것보다 더 늦는 법이지.

(줄리엣 등장.)

여기 숙녀가 한 분 오시는군.

아! 발걸음이 저렇게 가벼우니

단단한 차돌이 깔린 길이 어찌 닳을까.

사랑에 빠진 사람은

한여름 바람에 하늘거리는 거미줄 위에 타도

떨어지지 않을 거야.

속세에서 느끼는 사랑의 기쁨도

그렇게 가벼운 것이지.

줄리엣	안녕하세요, 신부님.
로렌스	우리 둘 몫의 인사를 로미오가 할 거다, 줄리엣.
줄리엣	로미오 님, 안녕하세요.
	이렇게 한 번 더 인사하시지 않으면
	로미오 님의 인사가 제겐 너무 황송하답니다.
로미오	오! 줄리엣, 당신의 기쁨이 내 기쁨과 같더라도
	기쁨을 표현하는 기술이 나보다 한 수 위라면,
	당신의 말로 주위의 공기를 향기롭게 해 주시오.

음악처럼 풍요로운 목소리로 지금 이렇게 만나

서로 주고받는 꿈같은 행복을 말해 주시오.

줄리엣   행복이란, 말보다는 내용이 더 풍성한 것이라서

말로 치장하기보다는

그 실속을 자랑으로 삼는 법이지요.

헤아릴 수 있는 사랑은 가난뱅이의 사랑이지요.

저의 진실한 사랑은 너무나도 크게 자라서

그 절반도 헤아릴 수 없답니다.

로렌스   자, 나와 함께 교회당으로 가서

빨리 결혼 서약을 마치도록 하자.

미안한 말인지 모르겠지만,

신성한 교회가 너희 둘을 하나로 맺어 주기 전까지

이대로 가만히 놔둘 수는 없어. (모두 퇴장.)

제3막

신부님께서 저처럼 젊고,
줄리엣 같은 여인을 애인으로 삼고,
결혼한 지 한 시간 만에 티볼트를 죽이고,
저처럼 사랑에 넋이 빠져 있고,
저처럼 추방당했디면,
신부님도 말할 자격이 있습니다.
그럼 신부님도 지금 저처럼 머리칼을 쥐어뜯고,
땅바닥에 나자빠져서
아직 파지도 않은 무덤의 길이를 재게 될 겁니다.

3막 1장　베로나 광장

머큐쇼, 벤볼리오, 시종, 하인들 등장.

벤볼리오　머큐쇼, 제발 돌아가세.

날씨는 덥고, 캐퓰릿 놈들이 나다니고 있어.

마주치면 싸움을 피할 수 없을 거야.

이렇게 더운 날씨엔 피도 미쳐 날뛰게 마련이니까.

머큐쇼　술집에 들어서자마자 칼을 탁자 위에 던져 놓고

'너 같은 건 상대할 가치도 없어'라고 지껄이며,

두 잔쯤 마신 술기운이 돌자 아무 이유도 없이

급사를 상대로 칼을 빼는 자가 있다고 하더니,

자네가 바로 그런 작자로군.

벤볼리오　내가 그런 작자라고?

머큐쇼　자, 이탈리아 천지에

자네처럼 성미 급한 사람이 또 어디 있겠나.

충동질만 하면 성을 내고,

성이 나면 발끈하지 않는가?

벤볼리오　무엇 때문에 내가 그런단 말인가?

머큐쇼　글쎄, 자네 같은 자가 둘만 있으면

금방 둘 다 남아나지 못할 거야.

서로가 서로를 죽이려고 할 테니까.

자넨 상대의 턱수염이 자네보다

한 올 더 많거나 적다고 싸움을 걸 사람이네.

또 별 다른 이유 없이

자네 눈알이 호두 빛이란 이유만으로도

호두 까는 사람과 싸우려 들 거야.

하기야 그런 눈이 아니고서야

어디 그런 싸움질을 찾아 낼 수 있겠나?

달걀 속이 가득 차 있듯

자네 머리는 싸움질 생각으로 가득 차 있지.

그리고 그 머리는

싸우다가 얻어맞은 곤달걀처럼 곯아 있지.

햇볕을 쬐며 졸고 있던 자네 개를 깨웠다며

길거리에서 기침을 한 사람과

싸운 적도 있지.

또한 자네는 어느 재단사가 부활제 전에

새 옷을 입었다고 해서 시비를 건 적도 있어.

게다가 어떤 사람하곤

새 신에 헌 끈을 끼웠다고 싸운 적도 있지.

그러고도 감히 자네가

	내게 싸우지 말라고 훈계할 수 있나!
벤볼리오	내가 자네처럼 싸움질을 좋아한다면
	내 생명은 통틀어 1시간 15분짜리밖에
	되지 않을 거야.
머큐쇼	'통틀어'라고! 아, 기가 막힌 소리군!
벤볼리오	정말 이리로 캐퓰릿 놈들이 오고 있어.
머큐쇼	올 테면 와 보라지.

티볼트와 다른 사람들 등장.

티볼트	내 뒤를 바짝 따라와.
	저놈들에게 말을 걸어 볼 테니까.
	여러분, 안녕하시오.
	어느 한 분과 한 마디만 나누고 싶소.
머큐쇼	우리 중 한 사람과 한 마디를 나누겠다고?
	다른 걸로 짝을 짓지그래.
	말 한 마디와 싸움 한바탕이라고.
티볼트	이봐, 기꺼이 그럴 용의가 있시.
	그쪽에서 그럴 기회만 준다면 말이야.
머큐쇼	기회를 주지 않으면 기회를 만들 수 없단 말인가?
티볼트	머큐쇼, 넌 로미오와 장단이나 맞춰.

125

머큐쇼	장단이나 맞추라고?
	아니, 우릴 거리의 악사 무리로 만들 셈이냐?
	악사 무리래도 좋아.
	그럼 시끄러운 소리를 들려주지.
	여기 내 깽깽이 활이 있다.
	네놈들을 한바탕 춤이나 추게 해 줄 테다.
	망할 자식, 장단이나 맞추라고!
벤볼리오	우리가 얘기하고 있는 이곳은
	사람들 왕래가 잦은 곳이다.
	그러니 어디 조용한 곳으로 가서
	불만을 찬찬히 따져 보든지, 아니면 그냥 헤어지자.
	여기에선 많은 사람들이 우릴 주시하고 있어.
머큐쇼	사람 눈이란 보라고 있는 거야. 볼 테면 보라지.
	난 말이지,
	남의 비위를 맞추려고 물러서고 싶진 않아.

로미오 등장.

티볼트	좋아, 너하곤 화해하지. 여기 내가 찾던 놈이 오는군.
머큐쇼	로미오가 자기 종놈의 제복이라도 입은 것처럼
	말하는구나.

목을 맬 일이군. 어서 결투장으로 가 보시지.

그럼 로미오가 널 모시고 갈 테니.

모시고 간다면 귀하께서는

로미오를 '놈' 이라 부를 수도 있겠군.

티볼트 로미오, 너에 대한 증오심으로 인해

이 이상 더 좋은 말을 할 수 없어.

네놈은 악당이다.

로미오 티볼트, 난 자네를 좋아해야 할 이유가 있어.

그런 무례한 인사에 마땅히 성을 내야 하지만

이유가 있으니 내가 참겠네.

난 악당이 아니야. 그러니 이만 헤어지자.

자넨 내가 어떤 사람인지 잘 모르는 것 같아.

티볼트 이 자식아, 그런 말로

일전에 네가 준 모욕을 용서할 줄 아느냐?

이쪽으로 돌아서서 칼이나 빼라.

로미오 분명히 말하지만 난 자네를 모욕한 적이 없어.

오히려 난 자네기 상상할 수 없을 정도로

자네를 좋아해.

내가 좋아하는 이유는 차차 알게 될 거야.

그리고, 캐퓰릿, 그 이름을 내 이름 못지않게

소중히 여긴다네. 제발 진정하게나.

127

머큐쇼	아! 얼마나 맥 빠지고 창피하고 비열한 항복인가!
	한 칼이면 모든 게 끝장날 게 아닌가. (칼을 뽑는다.)
	티볼트, 이 고양이 놈, 기어 나와 봐.
티볼트	용건이 뭐냐?
머큐쇼	아홉 개 목숨을 가진 고양이 족속의 왕 놈아,
	네놈의 아홉 개 목숨 중
	하나만 내 마음대로 하겠다는 거다.
	앞으로 네놈의 태도에 따라
	나머지 여덟 개도 때려잡겠다는 거다.
	칼자루를 단단히 쥐고
	칼집에서 네놈의 칼을 좀 빼 봐? 어서 빼.
	그렇지 않으면 내 칼이 네놈 귓전으로 날아갈 테니.
티볼트	(칼을 뺀다.) 그럼 내 상대해 주지.
로미오	이봐, 머큐쇼, 칼을 거둬.
머큐쇼	자, 네놈의 찌르기 솜씨 좀 보자. (둘이 싸운다.)
로미오	칼을 뽑아, 벤볼리오.
	저자들 칼을 쳐서 떨어뜨려.
	여보게, 창피한 일이야.
	이렇게 격분하지 말고 제발 진정하게나.
	티볼트, 머큐쇼, 영주님께서
	베로나 거리에서 싸우지 말라고

분명히 말씀하지 않았나?

제발 싸움을 멈춰, 티볼트! 머큐쇼!

(티볼트, 추종자들과 함께 퇴장.)

머큐쇼 난 상처를 입었어.

네놈들 두 집안, 다 망해 버려라! 난 끝장이다.

그놈은 상처도 입지 않고 달아났지?

벤볼리오 뭐라고, 다쳤다고?

머큐쇼 그, 그래, 좀 할퀴었네. 할퀴었어.

젠장, 이만하면 충분해.

내 종놈은 어디 있지?

야, 임마, 어서 가서 의사를 좀 모셔 와. (시동 퇴장.)

로미오 기운을 내, 머큐쇼. 부상이 그리 크진 않아.

머큐쇼 아니야, 샘만큼 깊진 않고

교회의 문만큼 넓진 않지만,

이만하면 죽기에 충분한 상처란 말일세.

내일이면 날 무덤 속에서나 찾을 수 있을 거야.

정말 이설로 내 일생은 끝났어.

네놈들 두 집안에 천벌이나 내려라!

제기랄! 개가, 쥐가, 생쥐가, 고양이가

사람을 할퀴어 죽이다니.

산수책에나 쓰인 대로 칼싸움하는 허풍선이,

부랑자, 악당 놈!

도대체 자넨 어쩌자고 우리 사이로 끼어들었는가?

난 자네 팔 밑으로 들어온 칼에 찔렸어.

로미오   모든 일이 잘되게 하자는 것이 그만……

머큐쇼   근처 집으로 날 좀 데려다 줘, 벤볼리오.

기절할 것 같아. 네놈들 두 집안에 천벌이나 내려라!

네놈들이 날 구더기 밥으로 만들어 버렸군.

네놈들 두 집안에게 난 당했어. 완전히 당했어.

(머큐쇼와 벤볼리오 퇴장.)

로미오   영주님의 친척이자

진정한 내 친구인 머큐쇼가

나 때문에 치명적인 상처를 입었어.

내 명예도 티볼트의 모욕을 받아 더럽혀졌어.

한 시간 전에 친척으로 맺어진 티볼트인데.

오, 사랑하는 줄리엣!

당신의 아름다움이 날 연약한 얼간이로 만들고,

강철처럼 용감한 내 기질을 무디게 만들어 버렸소!

벤볼리오 다시 등장.

벤볼리오   아, 로미오, 로미오! 용맹한 머큐쇼가 죽었네.

너무나도 갑작스럽게 저 늠름한 영혼이

이 세상을 비웃으면서 구름 위로 승천해 버렸네.

로미오　오늘의 불운은 두고두고 화근이 될 것이다.

이는 재앙의 시작,

후일 반드시 그 결말을 보게 될 것이다.

티볼트 다시 등장.

벤볼리오　불같이 화가 난 티볼트가 돌아오고 있어.

로미오　머큐쇼를 죽이고,

살아서 의기양양하게 날뛰고 있군!

인정사정 같은 건 하늘에 팽개쳐 버려라.

그리고 이제 눈에 불을 켠 분노가 날 안내하리라.

티볼트, 이놈! 좀 전에 날 '악당'이라 불렀지.

자, 이제 그 말을 되갚아 주마.

머큐쇼의 영혼은 우리 머리 위를 떠다니면서

네놈의 영혼과 동행하기 위해 기다리고 있다.

네놈 아니면 내가,

혹은 우리 둘 다 그를 따라가야 한다.

티볼트　망할 놈, 네놈은 여기서 그놈과 한패였으니,

저승길도 그놈과 같이 가게 해 주마.

로미오	그건 이 칼이 정해 줄 것이다.
	(둘이 싸우다가 티볼트가 쓰러진다.)
벤볼리오	로미오, 달아나, 어서 달아나!
	사람들이 몰려오고, 티볼트는 쓰러졌어.
	멍하니 서 있지 말고 어서 달아나.
	잡히면 영주는 사형선고를 내릴 거야.
	어서 달아나, 어서! 달아나!
로미오	아! 난 운명의 희롱거리가 되었구나.
벤볼리오	뭘 꾸물거리고 있는 거야? (로미오 퇴장.)

시민들 등장.

시민	머큐쇼를 살해한 티볼트는 어디로 달아났느냐?
벤볼리오	티볼트는 거기 쓰러져 있소.
시민	일어나라. 나와 함께 가자.
	영주님의 이름으로 널 체포하겠다.

영주, 캐풀릿과 그의 아내, 몬태규와 그의 아내,
그 밖의 사람들 등장.

영주	이 싸움을 처음 시작한 고약한 놈들이 누구냐?

132

벤볼리오	아, 영주님, 제가 이 치명적인 싸움의
	불행한 자초지종을 모두 말씀드리겠습니다.
	여기 젊은 로미오가 살해한 사람이 누워 있습니다.
	그런데 그 사람은 영주님의 친척인
	고귀한 머큐쇼를 살해했습니다.
캐풀릿 부인	티볼트, 내 조카야! 오, 내 오빠의 아들!
	영주님! 내 조카야! 영감!
	내 귀한 친척의 피가 땅을 적시는구나.
	영주님, 당신은 공정하시니,
	몬태규 사람들도 그 피를 흘리게 하소서.
	제 집안사람이 흘린 피의 대가로 말입니다.
	오, 조카야, 내 조카야!
영주	벤볼리오, 누가 이 처참한 싸움을 시작하였느냐?
벤볼리오	로미오의 손에 죽어 쓰러져 있는 티볼트입니다.
	로미오는 점잖은 말로 싸움이 얼마나
	쓸데없는 짓인가를 생각해 보라고 좋게 타일렀고,
	싸움을 벌이면 영주님의 노여움을
	살 거라고 달랬습니다.
	점잖은 말투와 온화한 표정으로
	공손하게 무릎을 굽히면서 말했지요.
	하지만 평화라는 말에는 귀를 틀어막고

막무가내로 덤비는 티볼트의 분노를
로미오가 진정시키지는 못했습니다.
마침내 티볼트는 예리한 칼로
용감한 머큐쇼의 가슴을 찔렀지요.
흥분한 머큐쇼도 예리한 칼을 빼들고
용사답게 비웃으면서
한 손으론 싸늘한 죽음의 칼날을 젖히고,
다른 손으로 티볼트를 되받아쳤습니다.
이에 티볼트도 민첩하게 되받아쳤지요.
그때 로미오가 '멈춰, 이 사람들아!
이 친구들아, 떨어져!' 라고 큰소리로 외치면서
날쌘 칼솜씨로 그들의 치명적인 칼날을 젖히고
두 사람 사이로 뛰어들었습니다.
그러자 로미오의 팔 밑으로
티볼트의 흉악한 칼이 당당한 머큐쇼에게
치명적인 일격을 가했지요.
티볼트는 일단 달아났다가
곧 다시 돌아왔습니다.
그런데 이젠 로미오도
새로운 복수심으로 불타올랐던 터라,
둘은 번개처럼 맞붙어 싸웠습니다.

제가 칼을 빼들고 말릴 겨를도 없이

늠름한 티볼트가 살해되어 쓰러졌고,

로미오는 발길을 돌려 달아나 버렸습니다.

이상이 사건의 진상입니다.

거짓으로 고했다면 절 죽이십시오.

캐풀릿 부인　저자는 몬태규 집안사람으로

그쪽 편을 두둔한 채 진실을 말하고 있지 않습니다.

이 흉측한 싸움에는 이십여 명이 가담했는데,

그들이 한꺼번에 티볼트에게 달려들어 죽인 겁니다.

영주님, 제발 공정한 판결을 내려 주십시오.

로미오가 티볼트를 죽였으니

로미오를 살려 둘 순 없어요.

영주　로미오는 티볼트를 죽였고,

티볼트는 머큐쇼를 죽였소.

그럼 누가 머큐쇼의 귀중한 피의 대가를

치러야 한단 말이오?

몬태규　영주님, 로미오는 아닙니다.

로미오는 머큐쇼의 친구입니다.

로미오가 티볼트를 죽인 것은 잘못이지만,

그는 법이 해야 할 일을 했을 뿐이지요.

영주　그럼 그 죄의 대가로

당장 로미오를 이 나라에서 추방하겠다.

당신들의 계속되는 시기와 미움에

나까지 휘말려 들었고

당신들의 난폭한 싸움 때문에

내 일가도 피를 흘리며 쓰러졌소.

난 당신들에게 무거운 벌금형을 내려서

내 일가의 피를 흘리게 한 죄를 뉘우치게 하겠소.

어떤 소청이든 변명이든 일체 듣지 않겠소.

울고 애원해도 용서하지 않을 것이오.

그러니 아무 말도 하지 마시오.

어서 당장 로미오를 추방하라.

여기 머무는 것이 발각되는 날이면,

즉시 처형하리라.

시체를 치우고 처분을 기다리시오.

살인범을 용서하는 자비는 살인을 조장할 뿐이다.

(모두 퇴장.)

3막 2장 베로나. 캐풀릿 저택 정원

줄리엣 등장.

줄리엣 불타는 발굽을 가진 말들아,
태양신 피버스의 숙소로 급히 달려가거라!
태양신의 아들 파에톤 같은 마부가
너희를 서녘으로 몰았다면
당장 컴컴한 밤을 가져다주었을 텐데.
사랑의 무대인 밤의 어둠아,
그대의 두터운 장막을 펼쳐 다오.
태양의 눈을 가려
로미오 님이 사람들의 입방아에도 오르지 않고
눈에도 띄지 않고
이 팔 안으로 뛰어들 수 있도록 말이야.
연인들은 자신의 아름다움을 등불 삼아
사랑의 의식을 치르는 걸 볼 수 있는 법이지.
만약 사랑이 눈이 멀었다면,
밤이 안성맞춤일 거야.
오너라! 점잖은 밤이여,

정숙한 마님처럼

온통 검은빛의 수수한 옷차림을 한 밤이여,

순결한 정조를 건 첫날밤 놀이에서

이기고도 지는 법을 내게 가르쳐 다오.

내 뺨에 달아오르는 순결한 피를

그대의 검은 망토로 가려 다오.

수줍은 사랑이 대담해져서

진정한 사랑의 행위를

예사롭게 생각할 수 있게 해 다오.

밤이여, 오너라! 로미오 님, 어서 와요!

밤을 낮같이 비추는 그대여, 어서 오세요.

밤의 날개를 타신 당신은

까마귀 등에 방금 내린 눈보다 더 희겠지요.

어서 와요, 정다운 밤이여!

사랑스런 검은 얼굴의 밤이여,

어서 로미오 님을 데려와요.

그분이 죽으면 데려다가

온몸을 스그만 별로 조각내 다오.

그럼 온 하늘이 아름답게 빛나겠지.

그럼 온 세상이 밤에 반하여

저 찬란한 태양을 더 이상 숭배하지 않게 되겠지.

아! 난 사랑이란 집을 사 놓고도

아직 거기 살아 보지도 못하고,

이미 팔린 몸인데도

아무런 즐거움도 누리지 못하고 있어.

오늘 낮은 왜 이렇게 지루할까.

명절 전날 밤, 새 옷을 받아 놓고

입어 보지 못해 안달 난 어린애 같구나.

아! 유모가 왔구나.

(유모 줄사다리를 들고 등장.)

유모가 소식을 갖고 왔을 거야.

로미오라는 이름만 말해도

천사의 웅변을 듣는 셈이지.

자, 유모, 무슨 소식이라도 들었어?

손에 갖고 온 게 뭐지?

로미오 님이 가져가라고 한 줄사다리인가?

유모	예, 예, 그 줄사다리입니다.

(줄사다리를 털썩 내려놓는다.)

줄리엣	아이 참, 무슨 소식이야?
	왜 그리 손을 쥐어짜고 있어?
유모	아! 그분이 죽었어요.
	그분이, 그분이 죽었어요!

끝장났어요, 아가씨, 다 틀렸어요.

아! 그분이 죽었어요. 살해되셨어요, 돌아가셨어요.

줄리엣 설마 하늘이 그렇게 무정할 수가?

유모 하늘은 그럴 수 없지만,

로미오 님은 그럴 수가 있어요.

오! 로미오 님이, 로미오 님이.

누가 그런 일을 생각이라도 했겠어요? 오, 로미오 님!

줄리엣 유모, 나를 왜 이렇게 괴롭히는 거야?

그런 잔인한 말은

무시무시한 지옥에서나 떠드는 소리야.

로미오 님이 자살을 했다고?

'예'라고 말해 봐.

그 '예'라는 외마디 말은

독기 서린 눈빛으로 사람을 죽인다는

독사의 눈초리보다 더 치명적인 독을 뿜어낼 거야.

'예'라는 답이 사실이거나,

그분의 두 눈이 감겨서 유모더러

'예'라고 답하게 했다면,

난 더 이상 내가 아니라 죽은 사람이야.

그분이 죽었다면 '예'라고 하고

아니면 '아니'라고 말해.

그 짧은 한마디에 내 행복과 불행이 달려 있어.

유모   난 상처를 봤어요. 내 이 두 눈으로 그걸 봤다고요.

아 끔찍해라! 대장부다운 그분 가슴에 난

상처를 봤어요.

가련한 시체, 피투성이가 된 참담한 시체,

잿빛처럼 창백하고,

전신에 온통 피가 엉켜 붙어 있었지요.

난 그걸 보고 기절할 뻔했어요.

줄리엣   아, 터져라, 이 가슴아!

가련한 파산자, 당장 터져 버려라!

이 두 눈은 감옥으로 가서

다시는 자유를 보지 마라!

하찮은 흙으로 된 내 육신도

흙으로 돌아가 그 움직임을 멈추고,

로미오 님과 함께 무거운 관대⁺를 짓누르도록 해라!

유모   아! 티볼트 님, 티볼트 님! 내 절친한 친구였지.

아, 점잖은 티볼트 님! 명예로운 신사 양반!

지금까지 내가 살아

당신의 죽은 모습을 보게 될 줄이야!

줄리엣   대체 웬 폭풍이 이렇게 거꾸로 불어대는 걸까?

✛ 관대 : 무덤 안에 관을 얹어 놓던 평상이나 낮은 대.

로미오 님이 살해되고, 티볼트 오빠가 죽었다고?

내가 아끼는 오빠와 사랑하는 남편이 죽었다고?

무시무시한 나팔이여, 최후의 심판일을 알려라.

두 분이 죽었다면 이 세상에 누가 살아남겠느냐?

유모   티볼트 님은 죽었고, 로미오 님은 추방되셨어요.

티볼트를 죽인 로미오 도련님이 추방되셨다고요.

줄리엣   아, 하느님!

로미오 님의 손이 티볼트의 피를 흘리게 했다고?

유모   그랬어요, 그렇다니까요. 맙소사! 그렇다니까요.

줄리엣   아, 꽃 같은 얼굴에 감춰진 독사 같은 마음이여!

그토록 아름다운 동굴에

그리도 사악한 용이 산 적이 있었던가?

아름다운 폭군! 천사 같은 악마!

비둘기의 깃을 단 까마귀! 늑대처럼 잔인한 어린양!

신성한 외모에 감춰진 추악한 실체!

그럴듯한 외모와는 너무나 딴판인 사람!

서주받은 성자요, 고상한 악당!

오, 자연이여! 그대는 지옥에서 밀 하고 있었기에

낙원처럼 아름다운 인간의 육신에

사악한 악마의 혼을 담아 놓았단 말이냐?

그토록 악한 내용을 담고 있는 책이

그토록 아름답게 제본된 적이 있었단 말이냐?

아, 그렇게 화려한 궁전 속에

그러한 거짓이 깃들어 있다니.

유모 사내들에게는 믿음도 신의도 명예도 없어요.

죄다 사악하고, 맹세를 저버리길 밥 먹듯 하고,

위선자들이고, 사기꾼들이죠.

아! 내 하인은 어디 있지? 내게 브랜디를 좀 다오.

이런 고통, 이런 비탄, 이런 슬픔 때문에 내가 늙는군.

로미오 님은 치욕을 당해 마땅한 사람!

줄리엣 아니, 그런 악담을 하다니,

유모의 혓바닥이 문드러질 거야!

그분은 창피를 당하려고 태어난 게 아니야.

치욕 같은 건 부끄러워 그분 이마에 앉지도 못해.

그분 이마는 명예가 자리 잡을 옥좌이기 때문이지.

온 천하를 다스릴 유일한 제왕인 명예가 말이야.

아! 내가 왜 바보처럼 그분을 책망했을까.

유모 그럼, 아가씨는 오빠를 죽인 분을 칭찬할 셈인가요?

줄리엣 그럼 내가 내 남편인 분을 욕해야겠어?

아! 가련한 당신!

세 시간 전에 당신 아내가 된 제가

당신의 명예를 망쳤으니,

무슨 말로 그 명예를 회복시켜 드릴 수 있는지요?

그렇지만 나빠요. 왜 제 오라버니를 죽이셨나요?

아니, 그렇지 않았다면 고약한 오빠가

내 남편을 죽였을지도 몰라.

돌아가라, 어리석은 눈물이여!

네 본래의 샘으로 돌아가거라.

당연히 슬픈 일에 흘려야 하는 눈물인데,

잘못 생각해서 즐거운 일에 흘릴 뻔했구나.

티볼트 오빠가 죽이려던 내 남편은 살아 있고,

내 남편을 죽이려던 티볼트 오빠는 죽었잖아.

모든 게 다행이야.

그런데 뭣 때문에 내가 울지?

티볼트 오빠가 죽었다는 말보다

더 나쁜 말이 내 숨통을 조이고 있어.

그 말을 잊었으면 좋겠는데.

그러나 마치 죄인의 마음속에 달라붙은

저주받을 죄처럼,

오! 그 한마디를 잊으려고 해도 잊을 수가 없어.

'티볼트 님은 죽었고, 로미오 님은 추방되셨어요.'

'추방', 바로 그 '추방'이란 말 한 마디는

티볼트를 만 명 죽인 것이나 다름없어.

티볼트의 죽음은

그것만으로도 더할 수 없이 슬픈 일이야.

쓰라린 슬픔이 친구를 좋아해서

또 다른 슬픔과 손을 잡고 가려 한다면,

'티볼트 님이 죽었어요'라고 유모가 말하면서

아버지나 어머니, 아니,

두 분 다 돌아가셨다고 왜 말하지 않았지?

그럼 흔히 있는 비탄 정도로 끝났을 게 아닌가?

그런데 티볼트가 죽었다는 말에 이어

'로미오 님이 추방되셨다'고 하니,

그 한 마디에 아버지, 어머니, 티볼트, 로미오 님,

그리고 줄리엣 모두 살해되어 죽은 거나 다름없어.

'로미오 님이 추방되셨다'는

무서운 말 한 마디의 위력은

끝도 한계도 정도도 경계도 없어.

그 어떤 말로도 이 슬픔을 다 표현할 수 없어.

그런데 아버지와 어머니는 어디 계시지, 유모?

유모 티볼트 님의 시신을 두고 대성통곡하고 계십니다.

그분들께 가려고요? 제가 모시고 가죠.

줄리엣 부모님께서 오빠의 상처를 눈물로 씻고 계실 거야.

그분들의 눈물이 마르고 나면

로미오 님의 추방을 슬퍼하면서

내가 눈물을 흘려야지.

그 줄사다리를 치워.

가련한 줄사다리야, 넌 속았어.

로미오 님이 추방당했으니 너나 나나 다 속았어.

그분은 널 내 침실로 통하는 길로 만들어 주었지만,

난 이제 처녀 과부로 죽게 될 거야.

자, 줄사다리야, 자, 유모.

난 내 신방으로 갈 거야.

로미오 님이 아니라 죽음이 날 신부로 맞이하겠지.

유모   어서 아가씨 방으로 가세요.

로미오 님을 찾아서 아가씨를 위로해 드릴 게요.

제가 그분 계신 곳을 알고 있어요.

들어 봐요. 아가씨의 로미오 님이

오늘 밤 여기에 오실 겁니다.

제가 로미오 님께 가 보겠어요.

그분은 로렌스 신부님의 사제관에 숨어 계시니까요.

줄리엣   아! 어서 그분을 찾아.

이 반지를 진실한 기사님께 드리고,

마지막 작별 인사를 하기 위해

꼭 오시라고 전해 줘. (모두 퇴장.)

로렌스 신부 등장.

로렌스   로미오, 이리 와라, 이리 오라니까.

잔뜩 겁에 질려 있구나.

재앙이 네 재능에 반했으니,

넌 재앙과 짝을 맺은 셈이야.

로미오 등장.

로미오   무슨 소식이죠, 신부님?

영주님이 어떤 선고를 내리셨나요?

아직 제가 모르는 그 어떤 슬픔이

저와 사귀려 하고 있나요?

로렌스   넌 그런 쓰디쓴 벗들과 너무 가까이 지내고 있어.

영주님의 선고 소식을 가져왔나.

로미오   영주님의 선고가 사형이 아니면 무엇이겠습니까?

로렌스   그분의 입에서 그보단 관대한 선고가 떨어졌어.

육신의 죽음이 아니라 육신의 추방이다.

로미오	아! 추방이라고요!
	자비를 베풀어 차라리 '사형'이라고 말하세요.
	추방의 표정이 사형보다 훨씬 더 무서우니까요.
	추방이란 말은 하지 마세요.
로렌스	넌 이곳 베로나에서만 추방되었어.
	그러니 진정해. 세상은 넓고도 넓으니까.
로미오	베로나 성벽 밖에 세상이란 건 없어요.
	연옥과 고문과 지옥이 있을 뿐이지요.
	이곳에서 '추방'된다는 건
	이 세상에서 추방된 것이고,
	이 세상에서 추방된 건 곧 죽는다는 말이지요.
	그러니 '추방'이란 말은 죽음의 미명일 뿐이지요.
	신부님은 죽음을 '추방'이라 부르면서
	금도끼로 제 목을 치고는,
	절 죽인 그 솜씨에 웃고 계시는군요.
로렌스	오, 죽어 마땅한 죄로다! 오, 배은망덕이로다!
	네 죄는 국법으로 다스리면 마땅히 사형감이야.
	인자하신 영주님께서는
	네 편을 들어 법을 제쳐 놓고
	사형이란 무서운 말 대신 추방으로 바꿔 주신 거야.
	대단한 자비를 베푸신 게지.

네가 그걸 모를 수 있느냐?

로미오   그건 고문이지 자비가 아닙니다.

줄리엣이 살고 있는 여기가 천국입니다.

고양이와 개와 생쥐와 온갖 하찮은 것들도

이곳 천국에 살면서 줄리엣을 볼 수 있는데,

로미오만은 그렇게 할 수 없지 않습니까?

썩은 고기에 달려드는 파리 떼들이,

이 로미오보다 더 귀한 신분이고,

더 보람 있고 값진 삶을 누리고 있어요.

파리들은 사랑하는 줄리엣의

저 멋진 흰 손에 앉을 수도 있고,

순결한 처녀의 수줍음으로

위아래 입술이 닿는 것조차 죄로 생각하는지,

언제나 붉게 물들어 있는 그녀의 입에서

영원한 축복을 훔쳐 낼 수도 있습니다.

하지만 전 파리들도 할 수 있는 일을 하지 못하고

여기서 달아나야 합니다.

파리들은 자유의 몸이지만 선 추방당한 몸이니까요.

그런데도 신부님은 추방이

사형이 아니란 말씀인가요?

신부님, 직접 제조한 독약이나

날카롭게 갈아 놓은 칼이나

그 밖에 아무리 비열한 것이라도 좋습니다.

절 단숨에 죽일 수 있는 방법이

추방이란 말 외에는 없는 겁니까?

오, 신부님!

그 말은 지옥에서 저주받은 자들이나 쓰는 말이죠.

그 말에는 지옥 망령들의 아우성이 따라다니죠.

성직자이고,

참회를 들어주고 죄를 사해 주는 분이며,

제 친구라고 말씀하신 신부님께서

어찌 추방이란 말로 절 난도질할 수 있단 말입니까?

로렌스	이 어리석은 놈아, 내 말 좀 들어 봐.
로미오	오! 또 추방이란 말씀일 테지요.
로렌스	그 말을 막아 낼 갑옷을 너에게 주지.
	역경을 이겨 낼 달콤한 젖과 같은 철학 말이다.
	비록 추방되었다고 해도 네게 위안이 될 거다.
로미오	아직도 '추방'이란 말씀인가요?
	철학 따위는 집어치우세요.
	철학이 줄리엣을 만들어 내거나,
	도시를 옮길 수 있거나,
	영주님의 선고를 바꿀 수 있다면 몰라도

그렇지 않다면 아무런 도움도 되지 않아요.

아무 소용없어요. 더 말씀하지 마세요.

로렌스 아! 미친놈에겐 귀도 없는가 보군.

로미오 물론이죠. 현명한 사람에게도 눈이 없는데요.

로렌스 네 처지를 좀 따져 봐라.

로미오 직접 느껴 보지 못한 일을 말씀하실 수 있나요?

신부님께서 저처럼 젊고,

줄리엣 같은 여인을 애인으로 삼고,

결혼한 지 한 시간 만에 티볼트를 죽이고,

저처럼 사랑에 넋이 빠져 있고,

저처럼 추방당했다면,

신부님도 말할 자격이 있습니다.

그럼 신부님도 지금 저처럼 머리칼을 쥐어뜯고,

땅바닥에 나자빠져서

아직 파지도 않은 무덤의 길이를 재게 될 겁니다.

(안에서 문 두드리는 소리.)

로렌스 일어나, 누가 문을 두드려.

로미오, 어서 숨어.

로미오 숨지 않겠어요.

비통한 가슴의 신음소리가 안개처럼 나를 감싸

사람들 눈길로부터 감춰 준다면 몰라도.

(문 두드리는 소리.)

로렌스   들어 봐. 누가 문을 두드리는군. 게 누구요?

로미오, 일어나. 이러다간 잡히겠다.

잠깐 기다리시오! 일어나래도.

(문 두드리는 소리.)

내 서재로 가 있어.

곧 갑니다, 원 참!

이 무슨 바보짓이냐?

갑니다, 간다니까요!

(문 두드리는 소리.)

누가 이렇게 세게 문을 두드리는 걸까?

어디서 왔소? 웬일이오?

유모   (안에서) 좀 들어가게 해주세요,

용건을 말씀드리겠어요.

줄리엣 아가씨한테서 왔답니다.

로렌스   어서 들어오시오.

유모 등장.

유모   오, 성스런 신부님! 말씀해 주세요.

우리 아가씨 서방님은 어디 계시죠?

154

로미오 님은 어디 계시죠?

로렌스 저기 마룻바닥 위에

제 자신의 눈물에 흠뻑 젖은 채 있소.

유모 아! 우리 아가씨와 꼭 같은 처지군요.

아가씨가 하는 짓과 꼭 같아.

로렌스 슬픔을 서로 공감하는가 보군!

가련한 신세들이요.

줄리엣도 그렇게 엎드려 울고불고 야단이란다.

일어나, 일어나. 사내대장부라면 일어나.

줄리엣, 그 아가씨를 위해서라도 일어나.

어쩌자고 그렇게 깊은 슬픔에 빠져 있는 게냐?

로미오 유모!

유모 예, 도련님! 예, 도련님! 죽으면 만사 끝장이지요.

로미오 줄리엣 얘기를 했소? 아가씨는 어떻소?

날 끔찍한 살인마로 생각하진 않나요?

이제 겨우 싹튼 우리의 행복을

아가씨 친척의 피로 더럽혔으니 말이오.

이가씨는 지금 어디 있소? 어떻게 하고 있소?

아직 아무도 모르는 내 아내가

망쳐진 우리 사랑을 두고 뭐라고 합니까?

유모 아무 말도 하지 않으세요, 도련님.

그저 울고 또 울어요.

침대에 쓰러져 있는가 하면 벌떡 일어나,

티볼트를 부르다가 로미오 님을 외치고,

그러고는 다시 쓰러진답니다.

로미오   마치 로미오란 이름이

총구에서 어김없이 튀어나와 그녀를 죽이는 것 같군.

로미오란 이름을 가진 자의 저주받을 손이

그녀의 친척을 죽였어.

오! 말씀해 주세요, 신부님. 말씀해 주세요.

이 몸의 어느 몹쓸 부분에

내 이름이 자리 잡고 있는 거죠?

말씀해 주세요.

그럼 그 저주스런 거처를 도려내 버릴 겁니다.

(칼을 뺀다.)

로렌스   네 몹쓸 손을 멈춰라. 네가 사내자식이냐?

겉으론 사내다만 네 눈물을 보니 아녀자로구나.

네 난폭한 행동은

분별없는 짐승의 분노와 다를 바 없구나.

겉으론 사내 같아 보이는데

어찌 그리 여자처럼 꼴불견이냐?

인간의 탈을 쓰고 있지만

망측한 짐승이나 다를 바 없군!

널 보니 정말 기가 막히는구나.

난 정말이지,

네놈의 성품이 훨씬 나은 줄 알고 있었다.

넌 티볼트를 죽였지? 그런데 이젠 자살을 하겠다고?

네 몸에 자해하며 저주받을 짓을 해서

너만을 믿고 사는 아내까지 죽이겠다고?

어찌하여 넌 네 출생과 하늘과 땅,

이 모두를 저주하느냐?

하늘과 땅 그리고 생명이 함께 만나

너란 인간이 존재하게 되었는데

넌 어찌하여 한꺼번에 몽땅 팽개치겠다는 거냐?

그만둬, 이놈아!

네 용모와 사랑과 분별력이 부끄럽다.

고리대금업자처럼 모든 걸 넘치게 갖고 있으면서도

그것들이 빛나도록 무엇 하나 올바로 쓰는 게 없구나.

사내다운 용기가 없으니

네 훌륭한 용모도 밀랍 인형에 불과할 뿐이야.

네 고귀한 사랑도

가슴속 깊이 간직하겠다고 맹세한 사랑을 죽인다면

속이 텅 빈 새빨간 거짓이 되고 말지.

용모와 사랑의 장식물이 될 네 분별력도
용모와 사랑 이 둘을 잘못 다스리면
자신을 지키기 위해 갖고 있던 화약통 속의 화약에
어리석게도 불을 붙여 자폭하는
미숙한 병사와 같게 될 것이다.
그러니 자, 정신 차려, 이 사람아.
좀 전까지 죽도록 사모한다고 했던
줄리엣이 살아 있으니,
그 점에 있어선 운이 좋은 거야.
티볼트가 널 죽일 뻔했는데
네가 티볼트를 죽였으니, 그 또한 운이 좋은 거지.
사형을 내릴 뻔한 국법도
네 편을 들어 추방으로 끝났으니,
그것 또한 운이 좋은 거야.
이처럼 복주머니가 자네 등에 쏟아지고 있고,
행운의 여신도 멋지게 차려입고
네게 추파를 던지고 있어.
그런데도 넌 마치 버릇없고 심술궂은 계집애마냥
자신의 행운과 사랑을 두고 투정을 부리고 있어.
조심해라, 조심해.
그러다간 제 명에 죽지 못할 거다.

자, 예정대로 네 신부가 있는 곳으로 가거라.

그녀의 침실로 기어 올라가서 그녀를 위로해 줘라.

하지만 조심해.

야경꾼이 배치될 때까지 머물지 않도록 해.

그렇게 늦장 부리다간 만투아로 갈 수 없게 돼.

만투아에 머물러 있어.

그럼 내가 때를 봐서 너희들의 결혼을 세상에 알리고,

두 집안도 화해시키고, 영주님께 용서를 빌어

널 다시 불러들일 테니까.

그럼 넌 슬픔에 젖어 떠날 때보다

몇백만 배나 더 즐겁게 돌아올 수 있을 거야.

유모는 먼저 가서, 아가씨께 내 안부나 전해 주시오.

그리고 온 집안 식구들을

일찍 잠자리에 들게 하라고 전하시오.

깊은 상심에 잠겨 있는 식구들이니

쉽게 잠들 수 있겠지.

로미오도 곧 갈 거요.

유모 아! 하느님, 밤새 여기 머물러

그런 좋은 말씀을 더 들었으면 좋겠군요.

아! 학문이란 참 대단한 거야.

도련님, 그럼 도련님이 오실 거라고

	아가씨께 전하지요.
로미오	그렇게 해 주시오.
	날 나무랄 준비도 하라고 전해 주시오.
유모	도련님, 여기 아가씨께서
	도련님께 드리라는 반지가 있어요.
	어서 서둘러요. 밤이 깊어 가고 있어요. (퇴장.)
로미오	이 반지를 받고 보니 좀 진정이 되는구나.
로렌스	어서 가 봐라. 잘 가. 네 처지를 명심해라.
	야경꾼이 배치되기 전에 떠나든지,
	아니면 날이 샐 무렵에 변장을 하고
	여길 빠져나가든지 해야 한다.
	만투아에 잠시 머물러 있어.
	수시로 네 하인을 보내
	시시각각 여기서 일어나는 모든 좋은 소식들을
	네게 전해 줄 테니 걱정 말아라.
	악수나 하자. 밤이 깊었구나. 그럼 잘 가라. 잘 가.
로미오	가슴 벅찬 기쁨이 절 부르니 밍정이지,
	그렇지 않고 이처럼 급히 신부님과 헤어졌다면
	무척 슬펐을 테지요.
	그럼 안녕히 계십시오. (모두 퇴장.)

3막 4장　베로나. 캐풀릿 저택의 방

캐풀릿, 캐풀릿 부인, 그리고 패리스 등장.

캐풀릿　　백작, 불행하게도 뜻밖에 이런 일이 일어나서
　　　　　딸애를 설득할 겨를이 없었소.
　　　　　당신도 알다시피 딸애는
　　　　　외사촌인 티볼트를 몹시 좋아했소.
　　　　　물론 나도 그 애를 무척 좋아했소.
　　　　　하긴, 누구나 태어나면 언젠가는 죽게 되지.
　　　　　밤도 꽤 깊었으니,
　　　　　딸애는 오늘 밤에는 내려오지 않을 거요.
　　　　　백작이 오지 않았다면
　　　　　나도 한 시간 전에 잠자리에 들었을 게요.

패리스　　이렇게 슬픈 일이 일어났으니
　　　　　청혼할 때가 아닌 것 같군요.
　　　　　그럼 부인, 안녕히 주무십시오.
　　　　　따님께 안부나 전해 주십시오.

캐풀릿 부인　그러지요. 내일 아침 일찍 딸애의 마음을 떠볼게요.
　　　　　오늘 밤은 온통 슬픔에 빠져 있답니다.

캐퓰릿	패리스 백작, 딸애의 사랑을
	당신께 선뜻 드리도록 하겠소.
	딸애는 내 말이라면 무엇이든 들어줄 것이오.
	들어주다 뿐이겠소. 그 이상이오. 의심하지 않소.
	여보, 자러 가기 전에 딸애에게 가서
	사위가 될 패리스의 사랑을 알려 주도록 하시오.
	그리고 이렇게 말하시오. 오는 수요일에…….
	그런데 잠깐, 오늘이 무슨 요일이더라?
패리스	월요일입니다.
캐퓰릿	월요일이라! 하, 하!
	그럼 수요일은 너무 이른 것 같군.
	목요일로 합시다. 딸애에게 목요일에
	이 훌륭한 백작과 결혼식을 올리겠다고 말하시오.
	준비가 되겠소, 백작?
	이렇게 서둘러도 괜찮겠소?
	너무 야단법석을 떨지는 않을 작정이오.
	몇몇 친구만 부르겠소. 들어 보시오.
	티볼트가 죽은 지 얼마 되지도 않았는데
	너무 성대한 잔치를 벌이면,
	친척인 고인을 소홀히 한다는
	비난을 들을지도 모르기 때문이오.

그러니 친구 대여섯 명 정도만 초대하고

간단히 결혼식을 끝내겠소.

목요일에 결혼식을 올려도 괜찮겠소?

패리스　저는 목요일이 바로 내일이었으면 좋겠습니다.

캐퓰릿　좋소. 그럼 안녕히 가시오.

목요일로 정합시다.

여보, 당신은 잠자리에 들기 전에

줄리엣에게 가서 결혼식에 대비하라고 이르시오.

잘 가시오, 백작.

여봐라, 내 방에 불을 밝혀라!

아이고! 밤이 너무 깊었군. 곧 날이 샐 것 같아.

그럼 안녕히 가시오. (모두 퇴장.)

3막 5장　베로나. 줄리엣의 방

로미오와 줄리엣 등장.

줄리엣　벌써 가시려고요?

날이 밝으려면 아직 멀었습니다.

당신 귀를 뚫고 들려오는 소리는

종달새가 아니라 소쩍새 소리였어요.

저 소쩍새는 밤마다

저 건너 석류나무 위에서 노래한답니다.

정말이에요, 내 사랑.

그건 소쩍새였어요.

로미오　그건 소쩍새가 아니라,

아침을 알려 주는 종달새였소.

보시오, 내 사랑.

심술궂은 빛줄기기 저기 동녘 하늘에 흩어지는

구름을 누비고 있지 않소,

밤하늘의 촛불들도 다 타서 꺼져 가고,

유쾌한 아침 해가

안개 자욱한 산마루에서 발돋움하고 있소.

난 당장 여길 떠나 목숨을 부지하든지,

머물러 있다가 죽든지 해야 할 처지요.

줄리엣　　저 빛은 햇빛이 아닙니다.

제가 잘 알고 있어요.

그건 오늘 밤 당신이

만투아로 가시는 길을 밝혀 드리기 위해

태양이 토해 내는 유성이에요.

그러니 조금만 더 계세요.

지금 당장 떠나실 필요는 없어요.

로미오　　난 잡히든 사형을 당하든 상관없소.

당신이 그렇게 원한다면 난 만족하오.

저기 저 회색빛이 아침의 눈인 태양이 아니라

달님의 얼굴에서 반사된

파리한 빛이라고 해 둡시다.

머리 위 저 높은 창공을 울려 대며 노래하는 것이

종달새가 아니라 소쩍새라고 해 둡시다.

나도 떠나기보다는

이대로 있고 싶은 생각이 간절하오.

자, 죽음이여! 어서 오너라.

그게 줄리엣 아가씨의 소원이다.

어때요, 내 사랑?

애기나 합시다.

아직 날이 밝진 않았소.

줄리엣 아! 밝았어요, 밝았어!

떠나세요, 어서 떠나세요.

종달새가 맞아요.

저렇게 높고 거친 불협화음을 내면서

불쾌하고 날카로운 소리로

곡조도 맞지 않게 노래하고 있군요.

종달새 노래는 감미롭다는데,

저 소리는 그렇지 않네요.

이렇게 우리 사이를 갈라 놓기 때문이지요.

종달새와 징그러운 두꺼비는

서로 눈알을 바꾼다고 하지요.

아! 그렇다면 소리도 서로 바꾸었으면 좋겠어요.

저 소리가 우리를 놀라게 해서

서로 껴안고 있는 팔을 떼어 놓는군요.

사냥꾼을 깨우는 아침 노래로

당신을 이곳에서 몰아내는군요.

아! 이제 떠나세요. 점점 날이 밝아오고 있어요.

로미오 점점 날이 밝을수록

우리의 슬픔은 더욱더 깊어지는구나.

유모 등장.

유모	아가씨!

유모 아가씨!

줄리엣 유모?

유모 어머님께서 아가씨의 방으로 오고 계십니다.

날이 밝았어요. 조심하시고, 잘 살피세요. (퇴장.)

줄리엣 그럼, 창문아, 낮을 맞아들이고,

생명은 내보내거라.

로미오 안녕, 안녕히.

한 번만 더 키스하고 내려가겠소. (아래로 내려간다.)

줄리엣 그렇게 떠나시려고요? 내 남편, 내 사랑!

시시각각으로 소식을 주셔야 해요.

제겐 일 분이 며칠 같을 테니까요.

아! 이렇게 세월을 셈하다간 난 아주 늙어 버리겠어.

로미오 님을 다시 보기도 전에 말이야.

로미오 안녕히!

기회 있을 때마다 놓치지 않고

당신에게 반드시 소식을 전하도록 하겠소.

줄리엣 아! 당신 생각으론,

우리가 또다시 만나게 될까요?

로미오 믿어 의심치 않소.

그리고 이 모든 슬픔은 우리가 다시 만나는 날

달콤한 얘깃거리가 될 거요.

줄리엣   오, 하느님! 불길한 예감이 든답니다.

지금 저 아래 계시는 당신을 보니,

마치 무덤 밑바닥에 있는

시체 같다는 생각이 드는군요.

제 눈이 나빠서 그럴까요,

당신 안색이 창백해서 그럴까요.

로미오   내 사랑, 정말 내 눈에도 당신이 그렇게 보인다오.

목마른 슬픔이 우리 피를 빨아 마시는 것 같소.

안녕! 안녕히! (퇴장.)

줄리엣   아, 운명, 운명의 여신이여!

모두들 그대를 변덕이 심하다고 하지.

그렇다고 한들,

성실하기로 이름난 그분과 내게 무슨 일이 있겠어?

변덕을 부려 보아라, 운명의 여신이여.

그래야 그대가 그분을 오래 붙들어 두지 않고

곧 돌려보내 줄 희망이 있을 테니까.

캐풀릿 부인   (문 밖에서) 얘, 아가! 일어났느냐?

줄리엣   누가 나를 부를까? 어머니신가?

여태까지 잠자리에 들지 않으신 걸까?

아니면 이렇게 일찍 일어나신 걸까?

무슨 심상찮은 일이 있어

이리로 오시는 건 아닐까?

캐풀릿 부인 등장.

캐풀릿 부인 그래, 줄리엣. 이제 좀 어떠냐?

줄리엣 어머니, 몸이 좋지 않아요.

캐풀릿 부인 언제까지 외사촌 오빠의 죽음 때문에

울고만 있을 거냐?

도대체 넌 그 눈물로

무덤 속의 오빠를 떠내려 보낼 셈이냐?

그렇게 할 수는 있어도 티볼트를 살려낼 수는 없어.

그러니 이제 그만 울거라.

적당히 슬퍼하는 건 애정이 깊다는 표시지만,

지나치게 슬퍼하는 건 분별력이 모자란다는 증거란다.

줄리엣 그래도 이 가슴 저리는 슬픔을 두고

실컷 울고 싶어요.

캐풀릿 부인 가슴이 저리도록 슬플 것이다.

하지만 네가 운다고

그가 살아나는 것도 아니지 않느냐.

줄리엣	너무나 슬퍼서 울지 않을 수가 없어요.
캐풀릿 부인	그래, 애야. 넌 오빠의 죽음이 슬퍼서라기보다
	오빠를 죽인 악당이 살아 있는 게 분해서 우는 거지?
줄리엣	악당이라니요, 어머니?
캐풀릿 부인	바로 그 로미오라는 악당 말이다.
줄리엣	(방백) 그분은 악당과는 너무나 거리가 먼 분.
	하느님! 그분을 용서해 주소서.
	저는 진심으로 용서한답니다.
	하지만 그이만큼
	내 가슴을 슬프게 하는 사람은 없어요.
캐풀릿 부인	역적 같은 살인자가 버젓이 살아 있기 때문이지.
줄리엣	예, 어머니.
	이 손이 미칠 수 없는 곳에 살아 있으니까요.
	바로 제 손으로 죽은 외사촌 오빠의 복수를
	할 수 있으면 좋겠어요.
캐풀릿 부인	걱정 마라. 그 원수를 기어이 갚고야 말 것이다.
	그러니 그만 울어라. 만투아로 사람을 보낼 거다.
	추방당한 도망자가 살고 있는 그곳으로 말이다.
	사람을 보내 그에게 특별한 독약을 먹이도록 해서,
	그자도 티볼트를 따라서
	당장 황천길로 가게 해 줄 테다.

그렇게 되면 너도 만족할 게 아니냐.

줄리엣 제 눈으로 로미오가 죽은 걸 보기 전까지는
만족할 수 없어요.
가련한 제 가슴은 외사촌 오빠 때문에
무척 괴롭답니다.
어머니, 어머니께서 독약을 가져갈
사람을 찾아내시면,
제가 그 독약을 제조하겠습니다.
로미오가 그걸 마시자마자
조용하게 잠들어 버릴 독약을 말입니다.
아! 전 그 이름만 들어도 치가 떨려요.
그에게 가까이 가서 오빠를 죽인 몸뚱이에 대고
마음껏 분풀이를 할 수 없다니!

캐풀릿 부인 제조 방법을 알아내라.
난 독약을 가져갈 사람을 찾겠다.
그건 그렇고.
아가, 이제 네게 기쁜 소식을 전해 주겠다.

줄리엣 너무나 슬퍼 위로가 필요할 때 기쁜 소식이라고요?
무슨 소식이죠? 어머니, 빨리 말씀해 주세요.

캐풀릿 부인 그래, 그래.
애야, 네 아버님은 참으로 사려 깊은 분이시다.

173

네 슬픔을 덜어 주려고 아버님께서는

갑자기 깜짝 놀랄 기쁜 날을 택하셨단다.

너도 나도 감히 짐작도 못했던 일이란다.

줄리엣 기쁘네요. 어머니, 그게 무슨 날이죠?

캐풀릿 부인 글쎄, 애야. 오는 목요일 아침 일찍

저 늠름하고 젊고 고상한 신사,

패리스 백작이 성 베드로 교회에서

널 행복한 신부로 기꺼이 맞이할 것이다.

줄리엣 성 베드로 교회와

베드로 성자님을 두고 맹세하지만,

그분은 절 행복한 신부로 맞이할 수 없습니다.

왜 이렇게 서두르는지 의아할 뿐입니다.

남편 될 사람이 구혼도 해 오기 전에 결혼하다니요?

제발 부탁이에요, 어머니.

전 아직 결혼할 생각이 없다고

아버님께 말씀해 주세요.

꼭 결혼해야 한다면,

패리스 백작보다는 차라리

제가 미워하는 로미오와 결혼하겠습니다.

이것이 기쁜 소식이라니요!

캐풀릿 부인 저기 마침 아버님이 오시는구나.

아버님께서 네 말을 어떻게 생각하시는지
직접 여쭤 봐라.

캐풀릿과 유모 등장.

캐풀릿　해가 떨어지면 하늘에서 이슬이 내리는 법이지만
내 조카의 목숨이 떨어지니
폭우가 마구 퍼붓는구나.
어찌 되었느냐! 이 분수대 같은 아이야?
아니! 여태 눈물이냐?
언제까지 소나기 같은 눈물을 흘릴 테냐?
그 작은 몸뚱이 하나로 넌 배가 되고,
바다도 되고, 바람도 되겠다는 것이로구나.
네 눈은 바다라고도 할 수 있지.
항상 눈물의 조수가 밀려왔다 빠지니까 말이다.
네 몸뚱이는 배라서
짜디짠 눈물의 바다를 항해하고,
네 한숨은 바람이라서
네 눈물과 함께 휘몰아치고,
네 눈물은 네 한숨과 더불어 끓어오르니,
당장 바람이 잦지 않으면,

폭풍에 시달리는, 네 몸뚱이란 배는 뒤집히겠구나.

여보, 어찌 되었소!

내 결정을 저 아이에게 알려 주었소?

캐풀릿 부인 예, 알려 주었습니다. 고맙지만 싫다더군요.

저 바보는 무덤하고나 결혼하는 게 낫겠어요.

캐풀릿 잠깐, 알아듣게 말해 보시오. 대체 무슨 말이오?

뭐라고? 싫다고 했소? 고마운 줄도 모르고?

자신에게 과분한 영광인 줄도 모르고?

별 볼일 없는 주제에 우리가 애써

그렇게 훌륭한 신사를 배필로 정해 줬는데도

감사할 줄 모른단 말이냐?

줄리엣 아버님의 노고에는 감사드리지만,

영광이라고는 생각하지 않습니다.

제가 싫어하는 일을 영광이라고는 할 순 없지만,

싫어도 절 사랑하여 하신 일이니

고맙게 생각하고 있습니다.

캐풀릿 뭐, 뭐, 뭐라고?

무슨 희한한 괴변이냐? 뭣이 어떻다고?

'영광'이라느니 '고맙다'느니

'고맙지 않다'느니, 그리고 또 '영광이 아니다'라고?

이 건방진 년 같으니라고.

고맙다느니 영광이라느니 다 소용 없으니,

다음 목요일에 패리스와 성 베드로 교회에

네 발로 갈 수 있도록 준비나 해 둬라.

정 네가 싫다면 형틀 수레에라도 매어 끌고 가겠다.

썩 물러가라, 누렇게 뜬 송장 같은 년!

물러가라, 이 건방진 년!

파리한 낯짝을 한 창백한 년!

캐풀릿 부인 그만, 그만 하세요! 아니, 당신 미쳤어요?

줄리엣 아버님, 이렇게 무릎을 꿇고 애원합니다.

부디 진정하시고

제가 드리는 말씀 좀 들어 주세요.

캐풀릿 목이나 매 죽어 버려, 어리고 건방진 년!

막돼먹은 계집애 같으니!

분명히 말하겠다. 목요일에 교회로 가든지,

그게 싫다면, 다시는 아비 앞에 얼씬거리지도 마라.

내게 변명하지도, 대꾸하지도, 대답하지도 마라.

손끝이 근질근질하구나.

여보, 하느님께서

이 딸년 하나만을 주신 게 천만다행이오.

그게 복인 줄도 모를 뻔했어.

이제 보니 하나도 너무 많아.

딸년을 두어 이렇게 욕을 보게 되었소.

썩 물러가라. 꼴도 보기 싫은 못된 년!

유모   아가씨, 가엾기도 하시지!

영감님, 이렇게 아가씨를 나무라다니,

너무하십니다.

캐풀릿   뭐라고? 잘난 체하지 말고 당장 그 입 닥치지 못해!

이 여편네야, 가서 수다쟁이들하고나 지껄여.

유모   제가 무슨 몹쓸 말을 한 것도 아닌데요.

캐풀릿   어서 저리 가!

유모   입 있는 사람이 말도 못하나요?

캐풀릿   듣기 싫어!

누구 앞에서 주둥일 놀리는 거야, 바보 같으니!

그따위 설교는 수다쟁이와

술이나 퍼먹으면서 지껄여.

여기선 필요 없으니까.

캐풀릿 부인 영감, 너무 심하게 화를 내고 계세요.

캐풀릿   원 참! 사람 미치겠네!

밤이나 낮이나 일할 때나 놀 때나

혼자 있을 때나 사람들과 같이 있을 때나,

난 항상 딸년의 혼인만을 걱정해 왔지.

그런데 이제 가문 좋고,

물려받은 영지도 많고,

나이도 젊은데다 교양도 있고,

사람들 말마따나 재덕을 겸비해서

누구나 저런 사람이었으면 좋겠다고 생각하는

모든 걸 다 갖춘 신사를 배필로 구해주니까,

글쎄 저 질질 짜기나 하는 바보가

훌쩍훌쩍 울기나 하는 인형 같은 계집애가

분에 넘치는 복인 줄도 모르고

'결혼하지 않겠어요.

아직 전 사랑을 몰라요. 전 너무 어려요.

제발 용서해 주세요'라는 둥,

웬 말대꾸란 말이냐.

그래, 영영 결혼하지 않겠다면 용서해 주마.

하지만 나가 살아라.

내 집에서 같이 살 순 없어.

이 점을 명심하고 잘 생각해 봐. 농담이 아니다.

목요일이 며칠 남지 않았다.

가슴에 손을 얹고 잘 생각해 봐.

네가 내 자식이라면,

내 마음에 드는 사람에게 널 줄 것이다.

그게 싫다면 목을 매든 빌어먹든

굶어 죽든 길에서 죽든 맘대로 해.

그렇다면 나도 널 내 자식으로 인정하지 않을 테고,

내 재산도 네게 아무런 도움이 되지 못할 것이다.

진담이니 잘 생각해 봐.

허튼소리 하는 게 아니니까. (퇴장.)

줄리엣   제 슬픔의 바닥을 들여다보시는 자비의 신은

저 구름 속에도 계시지 않는다는 말인가요?

아! 자애로운 어머니, 절 버리지 마세요.

이 결혼을 한 달만,

아니 일주일만이라도 연기해 주세요.

그리할 수 없다면 티볼트 오빠가 누워 있는

저 컴컴한 지하의 납골당 안에

제 신방을 만들어 주세요.

캐풀릿 부인   내게 말하지 마라.

너와는 한 마디도 하고 싶지 않아.

네 마음대로 해 봐. 너하고 볼일 다 봤으니까.

줄리엣   오, 하느님! 유모! 이 일을 어떻게 막지?

내 남편은 이 세상에 살아 있고, 난 하늘에 맹세했어.

남편이 이 세상을 떠나 하늘나라에서

그 맹세를 내게 다시 돌려주지 않는 한

어떻게 그 맹세가 이 세상으로 돌아올 수 있겠어?

좀 도와줘, 충고 좀 해 줘.

아! 하느님도 무정하시지.

나처럼 연약한 사람에게

이처럼 무서운 일이 일어나게 하시다니!

유모, 뭐라고 말 좀 해 봐, 무슨 좋은 말 없어?

위로가 될 말 좀 해 봐, 유모.

유모   당연히 있고말고요.

로미오 님은 추방당했으니,

감히 아가씨를 찾기 위해

다시 돌아올 수 없다는 건 거의 틀림없는 사실이지요.

혹 찾으러 온다고 해도 남몰래 올 수밖에 없어요.

사정이 이러하니, 아가씨께서

백작과 결혼하는 것이 상책이라고 생각합니다.

그분은 정말 잘생긴 신사분이죠.

그분에 비하면 로미오 님은 걸레 조각에 불과해요.

아가씨, 아무리 독수리의 눈이라 해도

패리스 백작 눈처럼 초록빛이 나고,

날쌔고, 아름답진 않아요.

정말, 제 생각으론 아가씨가

이번 두 번째 결혼에서는 행복해질 것 같아요.

이번이 첫 번째 것보다 훨씬 나으니까요.

그렇지 않다고 해도

아가씨의 첫 남편은 죽은 몸이죠.

살아 있어도 아가씨께는 전혀 쓸모가 없으니,

죽은 거나 다름없어요.

줄리엣   유모, 진심으로 하는 말이야?

유모   진심이고말고요.

아니라면 내 마음과 영혼 모두 천벌을 받게요.

줄리엣   아멘!

유모   뭐라고요?

줄리엣   그래, 유모는 정말 큰 도움이 되는 말을 해 줬어.

어머니께 가서 전해 줘, 내가 나갔다고.

아버님의 노여움을 샀으니,

참회를 하고 용서를 받기 위해

로렌스 신부님의 사제관으로 갔다고 전해 줘.

유모   기꺼이 그러지요. 그렇게 하는 게 현명합니다. (퇴장.)

줄리엣   저주받을 할망구!

아, 너무나도 사악한 악마!

내 맹세를 깨뜨리게 하려 한 것과

누구와도 비할 데 없는 분이라고

수없이 칭찬했던 그 혀로 내 남편을 욕한 것 중

어느 것이 더 큰 죄일까?

이젠 가 버려. 나의 조언자였지만

지금부터는 유모와 내 가슴은

둘로 갈라져 서로 남남이야.

신부님을 뵙고 그분의 처방을 알아보자.

모든 게 실패해도 내게 죽을 힘은 남아 있으니까.

(퇴장.)

제 4 막

아! 패리스와 결혼하느니 차라리 제게
성벽 위에서 뛰어내리라고 하세요.
도둑 강도들이 쏘다니는 길목에 가라든지,
뱀들이 득실거리는 곳에 숨으라고 하세요.
으르렁거리는 곰과 함께 절 묶어 두든지,
컴컴한 밤에 덜거덕거리는 송장들의 뼈와
냄새 고약한 정강이뼈와
턱이 떨어진 누런 해골들이 잔뜩 쌓여 있는
납골당 속에다 절 가둬 놓아도 좋아요.

4막 1장 베로나. 로렌스 신부의 사제관

로렌스 신부와 패리스 등장.

로렌스 목요일이라고 하셨소? 시일이 너무 촉박합니다.

패리스 장인 캐풀릿 어른께서 그렇게 하시겠답니다.

저야 그분이 서두르시는 걸 늦출 만한 이유도 없고요.

로렌스 백작께서는 아가씨의 마음을 알 수 없다고 하시니,

일 진행이 여의치 않군요. 그게 걱정이 됩니다.

패리스 아가씨는 티볼트의 죽음을 너무 슬퍼하고 있어,

사랑에 관해서는 별로 이야기해 보지 못했습니다.

사랑의 여신 비너스도, 슬픔에 잠겨 있는 집에서는

웃지 않는 법이니 말입니다.

그런데 그녀의 아버지께선

딸이 그렇게까지 슬픔에 잠겨 있는 게

위험하다고 생각하고,

딸이 홍수 같은 눈물을 흘리는 걸 막기 위해

현명하게도 우리의 결혼을 서두르고 계십니다.

슬픔이란 원래 혼자 생각하면 한이 없지만,

남과 어울리면 가실 수도 있는 것이지요.

이제 이렇게 서두르는 이유를 아시겠습니까?

로렌스 (방백) 내가 차라리 그것을 미루어야 할 까닭을
알지 못했으면 좋으련만······.
보시오. 마침 아가씨가 오고 있소.

줄리엣 등장.

패리스 나의 아가씨, 나의 아내여, 마침 잘 만났소.

줄리엣 만약 제가 당신 아내가 될 가능성이 있다면
그렇게 부르세요.

패리스 그 '만약'이 오는 목요일에는
반드시 실현될 것이오, 아가씨.

줄리엣 '반드시 실현' 된다고 하시니 그리 되겠지요.

로렌스 명답입니다.

패리스 신부님께 고해성사를 올리려고 왔소?

줄리엣 그 물음에 답하면
당신께 고해성사를 올리는 것이 되게요.

패리스 나를 사랑하고 있다는 사실을
신부님께 숨기지 마시오.

줄리엣 당신께 고백하지만 전 그분을 사랑하고 있어요.

패리스 그럼 틀림없이 절 사랑한다는 것도 고백하시겠군요.

줄리엣	고백을 하더라도, 당신 면전에서 하는 것보다는
	당신 뒤에서 몰래 하는 편이 더욱 값지답니다.
패리스	가엾게도 당신 얼굴이 온통 눈물로 얼룩져 있군요.
줄리엣	하지만 눈물 탓이 아닙니다.
	눈물로 얼룩지기 전에도
	어차피 못생긴 얼굴이었으니까요.
패리스	그런 말은 눈물 이상으로 얼굴을 모욕하는 일입니다.
줄리엣	그건 모욕이 아니라 사실입니다, 백작님.
	지금 그 말은 제 얼굴을 두고 한 말입니다.
패리스	당신 얼굴은 내 것이니,
	아가씨는 내 얼굴을 모욕한 것이오.
줄리엣	그럴지도 모르죠.
	이 얼굴은 제 것이 아니니까요.
	신부님, 지금 시간 있으세요?
	아니면 저녁 미사 때 찾아뵐까요?
로렌스	지금도 괜찮소, 슬픔에 잠겨 있는 아가씨.
	백작, 실례지만 우리 둘만 있게 해 주시오.
패리스	좋습니다. 고해성사를 방해할 순 없지요.
	줄리엣, 목요일 아침 일찍 깨우러 가겠소.
	그럼 그때까지 안녕히.
	그리고 이 성스러운 키스를 간직해 주오. (퇴장.)

줄리엣	아! 문을 닫아 주세요.
	문을 닫고 이리 오셔서 저와 함께 울어 주세요.
	희망도, 고칠 방법도 없답니다.
로렌스	아! 줄리엣, 이미 네 슬픔을 다 알고 있다.
	하지만 내 지혜를 아무리 짜내도 어쩔 도리가 없구나.
	네가 목요일에 백작과 결혼해야 하고,
	그것을 연기할 방도가 없다고 들었다.
줄리엣	신부님, 그 결혼을 막아 낼 방도를
	가르쳐 주시지 못하겠다면,
	이 이야기를 들었다고 말씀하지 마세요.
	신부님의 지혜로도 어쩔 수 없다면,
	제 결심이 현명한 것이라고 말씀해 주세요.
	그럼 이 비수로 당장 결판을 내겠습니다.
	하느님께서 제 마음과 로미오의 마음을 맺어 주시고,
	신부님께서 저희 둘의 손을 맺어 주셨습니다.
	로미오의 손과 맺어 주신 이 손이
	다른 증서에 보증을 하거나,
	또는 제 순정이 역심을 품고
	다른 사내를 곁눈질할 바에는
	차라리 이 비수로
	제 손과 마음 둘 다를 없애 버리겠습니다.

그러니 신부님의 오랜 인생 경험을 바탕으로

당장 무슨 방법을 일러 주세요.

그러지 않으시면 절박한 처지에 빠진 저는

이 끔찍한 비수로 결판을 낼 수밖에 없어요.

신부님의 연륜과 수완으로도

원만하고 명예로운 해결책을 찾아낼 수 없다면

이 문제를 제 손으로 결판내고 말겠어요.

어서 말씀해 주세요.

신부님의 말씀도 아무런 치유책이 되지 않는다면,

전 차라리 죽기를 바랄 뿐입니다.

로렌스　　잠깐, 얘야. 희망이 전혀 없는 건 아니다.

우리가 막아 내야 하는 일이 필사적인 만큼,

그 방책을 강구하는 일에 있어서도

필사적인 노력이 필요하다.

네가 패리스 백작과 결혼하느니

차라리 자살하겠다는 결심과 강단이 있다면,

이런 치욕을 모면하기 위해

죽는 것이나 다를 바 없는 일도 기꺼이 할 것 같구나.

말하자면 죽음과 맞부딪쳐서라도

치욕을 면해 보자는 것이지.

네가 감히 그럴 만한 용기가 있다면

방법을 말해 주겠다.

줄리엣 아! 패리스와 결혼하느니 차라리 제게

성벽 위에서 뛰어내리라고 하세요.

도둑 강도들이 쏘다니는 길목에 가라든지,

뱀들이 득실거리는 곳에 숨으라고 하세요.

으르렁거리는 곰과 함께 절 묶어 두든지,

컴컴한 밤에 덜거덕거리는 송장들의 뼈와

냄새 고약한 정강이뼈와

턱이 떨어진 누런 해골들이 잔뜩 쌓여 있는

납골당 속에다 절 가둬 놓아도 좋아요.

또는 저보고 새로 만든 무덤 속에 들어가

수의로 감싼 송장과 함께 숨어 있으라고 하세요.

그런 일은 이야기만 들어도 벌벌 떨리지만,

그것이 사랑하는 임에게

절개를 지키는 아내로 살 수 있는 방책이라면

그 어떤 두려움이나 의심 없이 해 내겠습니다.

로렌스 그럼 집에 가서 유쾌한 척하면서

패리스의 결혼을 받아들이겠다고 말해라.

내일이 수요일이다.

내일 밤에는 꼭 혼자 자도록 해라.

유모가 네 방에서 함께 자지 않도록 하고

193

이 약병을 갖고 가서 잠자리에 들 때,
약물을 모두 마시도록 해라.
그럼 졸음이 오게 하는 싸늘한 액체가
네 혈관 전체에 퍼져 나가서
평소에 정상적으로 뛰던 맥박은 멈추고
체온은 내려가고 호흡도 정지되어
네가 산 사람처럼 보이지 않을 것이다.
네 장밋빛 입술과 볼은 퇴색하여
허연 잿빛으로 변하고
죽음이 삶의 빛을 막아 버리듯
눈의 창문인 눈꺼풀도 닫히게 될 것이다.
생기와 탄력을 잃은 네 신체의 각 부분은
굳어 뻣뻣해지고 싸늘해져 죽은 것처럼 보일 것이다.
이렇게 오그라든 가사 상태┼에서
마흔두 시간이 흐르면
마치 상쾌한 잠에서 깨어나듯 눈을 번쩍 뜨게 될 거다.
그러나 목요일 아침에 새신랑이 잠자리로
널 깨우러 왔을 때는 넌 죽은 듯 보일 것이다.
그러면 이 나라 관습대로 네게 가장 좋은 옷을 입히고
얼굴을 드러낸 채 관 위에 눕혀

┼ 가사 상태 : 생리적 기능이 약화되어 죽은 것처럼 보이는 상태.

대대로 캐풀릿 집안의 조상들이 누워 있는

바로 저 유서 깊은 지하 납골당으로 데려갈 것이다.

그러는 동안, 나는 네가 깨어날 때를 대비하여

로미오에게 편지로 우리의 계획을 알리고

이곳으로 오게 하겠다.

나와 로미오는 네가 깨어나는 것을 지켜볼 것이다.

바로 그날 밤 즉시, 너는 로미오와 함께

만투아로 떠나게 될 것이다.

그럼 너는 당장 코앞에 닥친 치욕을 면할 수 있을 게야.

이 일을 실행할 때,

변덕이나 여자의 두려움 때문에

용기를 잃지만 않는다면 말이다.

줄리엣 어서 약을 주세요!

여자의 두려움 따윈 말씀하지 마세요.

로렌스 좋아, 그럼 가 보거라. 마음을 단단히 먹고

이 일을 잘 감당해 보거라.

나는 급히 신부 한 사람을 만투아로 보내서

네 남편에게 편지를 전해야겠다.

줄리엣 사랑이여, 내게 힘을 다오!

힘만 있으면 해결 방법이 있겠지.

그럼 안녕히, 신부님! (모두 퇴장.)

195

4막 2장　베로나. 캐풀릿의 저택

캐풀릿, 캐풀릿 부인, 유모, 하인들 등장.

캐풀릿　　여기 적힌 수만큼 손님을 초대해라. (하인 퇴장.)
　　　　　여봐라, 넌 가서
　　　　　솜씨 좋은 요리사를 스무 명쯤 불러 오너라.
하인2　　엉터리는 한 놈도 부르지 않겠습니다.
　　　　　자기 손가락을 핥을 줄 아는지를 시험해 보면
　　　　　엉터리인지 아닌지 금방 알 수 있습죠.
캐풀릿　　하지만 그걸로 어떻게 알아볼 수 있단 말이냐?
하인2　　걱정하지 마십시오, 나리.
　　　　　자기 손가락도 핥을 줄 모르는 놈은
　　　　　엉터리 요리사죠. 그러니
　　　　　그런 자는 한 놈도 부르지 않을 겁니다.
캐풀릿　　그럼, 어서 가 봐. (하인2 퇴장.)
　　　　　준비가 제대로 되고 있지 않은 것 같아.
　　　　　그런데 딸애는 로렌스 신부에게 갔나?
유모　　　예, 그렇습니다.
캐풀릿　　그래, 로렌스 신부가 줄리엣을

잘 지도해 줄지도 모르지.

그 애는 정말 어리석고 고집 센 계집애야.

유모 보세요, 아가씨가 참회를 마치고

즐거운 표정으로 돌아오네요.

줄리엣 등장.

캐풀릿 어떻게 된 일이냐, 이 고집쟁이야!

어딜 헤매다 오는 길이야?

줄리엣 아버님의 명령을 거역한 불효막심한 죄를 뉘우치고,

이렇게 무릎을 꿇고 엎드려서 아버님께 용서를

빌라고 하는 신부님의 분부를 받고 왔어요.

부디 용서해 주세요!

앞으로는 항상 아버님 분부를 따르겠습니다.

캐풀릿 백작에게 사람을 보내어 이렇게 말씀드려라.

하루 앞당겨 내일 아침에

결혼식을 올려 연분을 매듭짓겠다고.

줄리엣 신부님의 사제관에서 젊은 백작님을 만났어요.

처녀로서 지니치지 않을 만큼 정도를 지키면서

적당하게 제 사랑을 보여 드렸답니다.

캐풀릿 그래, 좋은 소식이구나. 잘했다, 일어나라.

당연히 그래야지. 난 백작을 만나야겠다.

여봐라, 가서 백작을

모시고 오라지 않느냐.

베로나의 모든 시민들이

이 거룩한 신부님 덕을 많이 보고 있구나.

줄리엣 유모, 내 방으로 같이 가요.

내일 나한테 가장 알맞을 옷을 고르는 걸 도와줘.

캐풀릿 부인 목요일까지 시간은 충분해.

캐풀릿 가 봐, 유모. 저 애와 함께 가 봐.

우린 내일 교회에 가야 해.

(줄리엣과 유모 퇴장.)

캐풀릿 부인 내일요? 준비하기에는 시간이 너무 부족하군요.

벌써 날이 저물어 가고 있어요.

캐풀릿 원 참! 내가 이리 뛰고 저리 뛰면

모든 게 잘될 테니 걱정 말아요.

여보, 당신은 줄리엣에게 가서

몸치장하는 거나 거들어 주시오.

오늘 밤은 자지 않을 거요. 모든 걸 내게 맡기시오.

이번만은 내가 안주인 노릇을 해야겠소.

여봐라! 다들 밖에 있나 보군.

그래, 내가 몸소 패리스 백작에게 가서

내일 있을 결혼식을 준비하라고 해야겠어.

기분이 매우 좋군.

고집쟁이 딸년이 이렇게

고분고분하게 따라 주니 말이지.

(모두 퇴장.)

4막 3장　베로나. 줄리엣의 방

줄리엣과 유모 등장.

줄리엣　그래, 그 옷이 제일 좋겠어.

하지만 친절한 유모,

부디 오늘 밤은 나 혼자 있게 해 줘.

유모도 잘 알잖아.

난 삐뚤어진 성미에 죄로 가득 찬 심보를 지녔어.

그런 내가 하늘을 감동시켜 미소 짓게 하려면

수많은 기도를 드려야 해.

캐풀릿 부인 등장.

캐풀릿 부인　바쁘니, 애야? 좀 거들어 줄까?

줄리엣　괜찮아요, 어머니.

내일 결혼식에 꼭 필요한 물건들은 이미 다 챙겼어요.

그러니 괜찮다면 이제 절 혼자 있게 해 주세요.

오늘 밤 유모는 어머니와 같이 있어요.

갑작스럽게 생긴 일 때문에

분명 무척 바쁘실 테니까요.

캐풀릿 부인   그래, 잘 자거라.

잠자리에 들어 편히 쉬어라. 잘 쉬어야 하니까.

(캐풀릿 부인과 유모 퇴장.)

줄리엣   안녕히! 우리가 언제 다시 만나게 될지

신은 아실 테지.

현기증 나는 싸늘한 두려움이 날 전율케 하고

혈관 곳곳을 돌아다니며

생명의 열기를 모두 얼어붙게 하는 것 같구나.

어머니와 유모를 다시 불러 위로해 달라고 해야겠어.

유모라고! 지금 여기서 유모가

무슨 소용이 있단 말이야?

이 음산한 장면은 나 혼자 해내야 해.

자, 약병아!

만약 이 약이 전혀 듣지 않으면 어쩌지?

그럼 난 내일 아침 결혼을 해야 하나?

아냐! 아니야! 그건 이 비수가 막아 줄 거야.

비수야, 거기 있어라.

(단도를 내려놓는다.)

만약 이것이 독약이라면 어떡하지?

신부님은 나를 로미오 님과 맺어 주셨지.

그런 나를 백작과 결혼시키게 되면

신부님의 체면도 깎일 거야.

그러니 그것을 피하기 위해 날 죽이려고

교묘하게 조제한 독약이라면 어떡하지.

걱정이 되는구나. 하지만 그리 될 리는 없어.

신부님은 지금까지 성자로 존경받아 온 분이니까.

그런 흉측한 생각은 하지 말아야지.

하지만 내가 무덤 속에 누워 있다가

로미오 님이 구하러 오기 전에

눈을 떠 버리면 어떡하지?

그건 너무나 두려운 일이야!

무덤의 더러운 입구엔

신선한 공기가 들어갈 틈이 전혀 없다고 하던데.

지하 납골당에서 숨이 막혀

로미오 님이 오시기도 전에 질식해 죽는 건 아닐까?

만약 내가 살아 있다고 하더라도

죽음과 밤이 자아내는 무서운 생각,

그곳의 공포, 즉 수백 년에 걸쳐 돌아가신

선조들의 뼈가 가득 차 있고,

선혈이 낭자한 티볼트 오빠가

이제 갓 묻혀 수의에 감긴 채 썩고 있고,

사람들 말에 의하면 종종 밤에는 망령들이 나온다는

그 지하 납골당의 공포로 내가 미쳐 버리는 건 아닐까?

아! 아! 그렇게 될 가능성이 왜 없겠어?

혹시 너무 일찍 눈을 뜨면,

저 역겨운 냄새와 땅에서 뽑힐 때

그 소리만 들어도 사람이 미친다는

흰독말풀[+]의 비명 소리 때문에

정말 미쳐 버리는 건 아닐까?

아! 만약 내가 일찍 깨어난다면,

이런 온갖 끔찍한 것들에 둘러싸여

조상들의 뼈를 갖고 미친 듯이 놀며,

난도질당한 티볼트 오빠를

수의에서 끄집어내는 건 아닐까?

그리고 이런 광란 상태에서

어느 먼 조상의 뼈를 몽둥이 삼아

절망한 내 머리통을 스스로 부숴 버리진 않을까?

아! 저것 봐.

오빠의 유령이, 칼끝으로 자신의 육신을 찌른

로미오 님을 찾고 있는 모습이 보이는 것 같아.

[+] **흰독말풀** : 가짓과의 한해살이풀. 높이는 1~2미터이며, 잎은 어긋나고 달걀 모양이다. 6~7월에 깔때기 모양의 흰 꽃이 가지 끝이나 잎겨드랑이에 한 개씩 피고, 열매는 가시 같은 돌기가 많고 10월에 익으며 종자가 있다.

멈춰요, 티볼트 오빠, 멈춰요!

로미오 님, 저도 가겠어요! 당신을 위해 축배를.

(커튼 안의 침대에 쓰러진다.)

4막 4장 베로나. 캐풀릿 저택의 홀

캐풀릿 부인과 유모 등장.

캐풀릿 부인 자, 유모, 이 열쇠를 갖고 가서
양념을 좀 더 가져와.

유모 주방에서는 대추와 마르멜로✛ 열매를
가져오라는데요.

캐풀릿 등장.

캐풀릿 자, 빨리 해, 어서 서둘러!
두 번째 닭이 울었다!
새벽종도 쳤어. 벌써 세 시야.
이봐, 안젤리카, 소고기 파이는 충분한가.
비용은 아끼지 않아도 돼.

유모 지리 가세요, 원 어쩌면 이리도 참견이 심하실까.
들어가서 주무세요.

✛ **마르멜로** : 높이는 5~8미터로, 잎은 달걀 모양 또는 긴 타원형이며, 봄에 희거나 연붉은 꽃이 핀다. 열매는 서양배 모양으로 노란데 겉에 솜털이 빽빽하게 나 있다. 달고 향기가 있어 날로 먹거나 잼을 만드는 데 쓴다.

이러다간 정말 몸살이 나고 말 거예요.

밤을 꼬박 샐 작정이세요?

캐퓰릿   천만에! 전에는 이것과는 비교가 안 될

별 대단치 않은 일로 밤샘을 한 적도 있었지.

하지만 몸살이 나진 않았어.

캐퓰릿 부인   그래요, 한창 때 계집의 꽁무니께나 쫓아다녔지요.

하지만 내가 감시할 테니

이제 그런 밤샘은 어림없어요.

(캐퓰릿 부인과 유모 퇴장.)

캐퓰릿   저런 심술쟁이를 봤나, 샘이 나서 그러지!

(쇠꼬챙이와 장작과 바구니를 든 하인 서너 명 등장.)

여봐, 그건 뭐냐?

하인1   요리사가 쓸 물건입니다만

뭔지는 모르겠습니다, 나리. (퇴장.)

캐퓰릿   서둘러라, 서둘러!

여봐라, 잘 마른 장작을 가져오너라!

피터를 불러. 그놈이 장작 있는 곳을 가르쳐 줄 게다.

하인2   저도 머리는 있으니

장작쯤은 찾아 낼 수 있습니다, 나리.

그 일로 피터까지 수고할 필요는 없지요. (퇴장.)

캐퓰릿   정말 말 한번 잘했다! 웃기는 놈이군, 허!

멍청이 같은 녀석!

원 참, 벌써 날이 밝았어.

백작이 악대를 데리고 곧 이리로 올 것이다,

그리하겠다고 했으니까. (안에서 음악 소리.)

벌써 백작이 가까이 온 모양이군. 음악 소리가 들리네.

유모! 부인! 여봐라! 원 참, 유모!

(유모 등장.)

어서 가서 줄리엣을 깨우고, 몸치장을 시키게.

나는 가서 패리스와 얘기를 하지.

어서 서둘러, 어서.

신랑 될 사람이 벌써 와 있어.

어서 서두르라니까. (모두 퇴장.)

4막 5장   베로나. 줄리엣의 방

유모 등장.

유모   아가씨! 아니, 아가씨! 줄리엣 아가씨!

　　　　깊이 잠든 모양이군.

　　　　원 참, 어린양 같은 아가씨!

　　　　아가씨! 저런 잠꾸러기 아가씨!

　　　　이봐요, 아가씨! 아가씨! 예쁜이! 아니, 새색시!

　　　　원 참! 왜 아무 말도 없지?

　　　　지금 조금이라도 더 자겠다는 거군요.

　　　　일주일이라도 주무세요.

　　　　내일 밤엔 분명 패리스 백작께서 마음먹고

　　　　못살게 굴어 거의 잘 수 없을 테니까요.

　　　　농담해서 미안하지만, 정말 그래요.

　　　　참 곤히도 잠드셨네!

　　　　하지만 아가씨를 깨워야 해.

　　　　아가씨, 아가씨, 아가씨!

　　　　그래, 백작님을 아가씨의 침실로 모셔와야겠군.

　　　　그분이 놀라게 하면,

정말 깜짝 놀라 일어나겠지요?

원 참, 옷까지 차려 입고 왜 다시 누워 계신 걸까?

아가씨를 깨워야 해. 아가씨! 아가씨! 아가씨!

아이고, 이런! 아이고! 사람 살려요, 사람!

아가씨가 돌아가셨어요!

아이고, 세상에 이런 변이 있나.

브랜디 좀 빨리 가져와요! 나리! 마님!

캐풀릿 부인 등장.

캐풀릿 부인	이 웬 소란인가?
유모	보세요, 저 비참한 광경을!
캐풀릿 부인	무슨 일이야?
유모	보세요, 보세요! 아, 비참해라!
캐풀릿 부인	오, 이런! 어찌 이런 일이!
	내 딸, 내 생명아, 어서 일어나 눈을 좀 떠 봐.
	아니면 나도 함께 죽을 테다!
	사람 살려요. 사람 살려요! 어서 사람을 불러라!

캐풀릿 등장.

캐풀릿	이 무슨 창피냐! 줄리엣을 데려와. 신랑이 왔어.
유모	아가씨가 죽었어요, 죽었다고요. 이런 변이 있나!
캐풀릿 부인	오, 이런! 딸애가 죽었어요, 죽었어! 죽었어요!
캐풀릿	뭐라고! 어디 봅시다.
	아, 이런 변이 있나! 차디차구나.
	피는 굳어 버렸고, 수족은 뻣뻣하며,
	입술에서 생기가 사라진 지
	이미 오래되어 버렸군.
	온 들판에서 가장 향기로운 꽃에
	때 아닌 서리가 내린 것처럼
	죽음이 딸애를 덮쳤구나.
유모	아, 이런 가엾은 일이 있나!
캐풀릿 부인	아, 이런 애처로운 일이 있나!
캐풀릿	딸아이를 빼앗아 가서
	날 비탄 속에 빠뜨린 죽음의 신이
	내 혓바닥마저 꽁꽁 묶어 놓아
	아무 말도 못하게 하는구나.

로렌스 신부, 패리스, 악사들 등장.

로렌스	자, 신부는 교회로 갈 준비가 되었소?

211

캐풀릿	갈 준비는 되었지만 다신 돌아오지 못하게 되었소.
	아, 사위! 결혼 전날 밤, 죽음의 신이
	자네 아내 될 사람과 동침했네.
	죽음의 신에게 겁탈당한
	꽃 같은 아이가 저기 누워 있어.
	죽음의 신이 내 사위가 되고
	내 상속자가 되어 버렸어.
	죽음의 신이 내 딸과 결혼한 거야.
	나도 죽으면 그놈에게 모든 것을 물려줄 거요.
	생명과 재산 모두 다 죽음의 차지가 되었소.
패리스	이날 아침을 기다리고 또 기다려 왔는데,
	고작 이런 꼴을 보게 되다니!
캐풀릿 부인	저주스럽고, 불행하고,
	망측하고, 증오에 찬 날이구나!
	오늘 아침은 흐르고 흐르는 세월 가운데
	가장 비참한 시각이로구나!
	하나뿐인 내 딸, 가련한 것, 가련하고 귀여운 것.
	단 하나의 낙이요, 위안거리인 내 무남독녀를
	잔인한 죽음의 신이 내 눈앞에서 채어 갔구나!
유모	아, 슬프도다!
	이렇게 비참하고 슬픈 날이 또 어디 있을까?

내 살아생전에 이런 슬픈 날을 본 적이 없어.

아, 슬프고도 비통한 날이야!

아, 증오스런 날이구나!

오늘처럼 이렇게 암담한 날을

내 일찍이 본 적이 없어.

아, 슬픈 날이구나! 아, 비통한 날이구나!

패리스 속고, 버림받고, 모욕당하고, 속 태우면서 죽었어!

밉살스런 죽음의 신이여,

네놈에게 속고, 너무나도 잔인한 네놈 때문에

완전히 내 신세를 망쳐 버렸어!

오, 내 사랑! 오, 내 생명!

생명 없이 죽어 있는 내 사랑이여!

캐풀릿 멸시당하고, 고통받고, 미움받고, 박해받아 죽었어!

매정한 세월이여,

그대는 무엇 때문에 이 순간 우릴 찾아와

이 엄숙한 결혼식을 깡그리 망치고 있느냐?

아, 얘야! 아, 얘야!

자식이 아니라 바로 내 영혼이! 얘야!

네가 죽었구나! 죽었어! 아이고, 내 자식이 죽었어.

네 죽음과 더불어 내 기쁨도

땅속에 묻혀 버리는구나!

로렌스   모두 진정하시오! 창피한 줄 아시오!

이렇게 떠든다고 이 불행이 치유되진 않소.

이 아름다운 처녀는

하느님과 당신의 공동 소유였소.

이젠 하느님이 모두 맡으셨으니

그녀에겐 더 잘된 일이요.

당신은 딸에 대한 당신 몫을

죽음에서 지킬 수 없지만,

하느님께서는

영원한 생명 가운데 그 몫을 지켜 주십니다.

당신이 그 무엇보다 바란 건 따님의 출세였지요.

따님이 출세하는 것이 당신에게는 천국이었으니까요.

그런데 이제 따님이

구름 위 하늘 높이 올라간 걸 보고

이렇게 우시는 건 어찌된 일입니까?

자식에 대한 당신 애정은 잘못된 애정입니다.

딸이 잘된 걸 보고도

당신께서 그렇게 미친 듯이 슬퍼하다니.

결혼해서 오래 사는 여자가

결혼을 잘한 것이 아니라,

결혼하고 젊어서 죽는 여자가

결혼을 제일 잘한 겁니다.

눈물을 거두시고 이 아름다운 시신을

로즈메리 꽃으로 장식하십시오.

그리고 관습에 따라 제일 좋은 옷을 입혀

시신을 교회로 나르도록 하십시오.

어리석은 인정으로 보면

우리 모두 슬퍼하지 않을 수 없지만,

이성적인 눈으로 보면

인정의 눈물이란 조롱거리에 지나지 않소.

캐풀릿   혼인 잔치를 위해 마련했던 것들이

슬픈 장례식에 쓰이게 되었구나.

악기들은 우울한 조종⁺으로 바뀌고,

즐거운 혼인 잔치는 슬픈 장례식으로 변하고,

엄숙한 결혼 축가는 음울한 장송곡으로 바뀌고,

신방용 꽃은 매장될 시신의 장식용으로 변하여,

모든 것들이 정반대가 되어 버렸구나.

로렌스   안으로 들어가시지요.

마님도 함께 안으로 드시지요.

패리스 백작도 들어가시오.

모두들 이 아름다운 시신을 따라

✤ **조종** : 죽은 사람을 애도하는 뜻으로 치는 종.

묘지로 갈 준비를 하시오.

여러분이 무언가 잘못을 저질러

하느님께서 노하신 것입니다.

그분 뜻을 거역하여

더 이상 노하게 해서는 안 될 것이오.

(캐퓰릿, 캐퓰릿 부인, 패리스, 로렌스 신부 퇴장.)

악사1 자, 우리도 악기를 챙겨서 가 봐야겠군.

유모 아! 착한 양반들,

어서 챙겨요, 챙겨 넣어요.

아시다시피 이렇게 딱한 처지가 되었답니다. (퇴장.)

악사1 하지만, 정말이지, 사정이 달라질 수도 있겠죠.

피터 등장.

피터 악사, 아! 악사 여러분,

〈내 마음 평안해〉, 〈내 마음 평안해〉라는 곡을!

아! 날 좀 살리려거든

〈내 마음 평안해〉란 곡을 좀 연주해 주게.

악사1 왜 〈내 마음 평안해〉라는 곡을

연주하라는 거요?

피터 아! 악사 여러분, 내 마음이

〈슬픔에 잠겨〉란 곡을 연주하고 있으니 말이요.

그러니 즐거운 곡을 연주해서

날 좀 위로해 주시오.

악사1	싫소. 지금은 연주할 때가 아니오.
피터	연주하지 않겠다고?
악사1	그렇소.
피터	그럼 단단히 맛을 보여 주겠소.
악사1	우리에게 무슨 맛을 보여 주겠다는 거야?
피터	맹세하는데, 돈맛이 아니라 농지거리 맛이다!

자네들을 풍각쟁이 패라고 부르겠다.

| 악사1 | 그럼 우린 널 하인 놈이라고 불러 주지. |
| 피터 | 그럼 그 하인 놈 칼로 자네들 머리통을 부숴 주지. |

난 악보 따윈 갖고 다니지 않아.

널 쳐서 '레' 소리를 내고

또 널 쳐서 '파' 소리를 내줄 테다. 알겠나?

악사1	우릴 쳐서 '레', '파' 소릴 내어 한 곡 뽑겠단 말이군.
악사2	제발 그 칼은 치우고 재담이나 해 보게.
피터	그럼 재담으로 공격하겠다.

쇠칼은 치우고 쇠칼 같은 재담으로

자네들을 인정사정없이 때려눕혀 주지.

자, 사내답게 내 말에 대답해 봐.

'쥐어짜는 슬픔에 가슴 태우고,
구슬픈 노랫가락, 마음을 짓누르네.
그러면 음악은 은방울 소리로— '

왜 '은방울 소리' 지?
왜 '음악은 은방울 소리' 지?
뭐라고 말 좀 해 봐요, 깽깽이 양반?

악사1   그야 은방울 소리가 달콤하니까.

피터   엉뚱한 소리! 자네 답은 뭔가, 깡깡이 양반?

악사2   그야, 악사들이 소리를 내고
       은전을 받으니까 '은방울 소리' 지.

피터   역시 허튼소리로군!
       자네 답은 뭔가, 껑껑이 양반?

악사3   사실 난 뭐라고 해야 할지 모르겠어.

피터   아! 미안하네. 자넨 소리꾼이지. 내가 대신 답을 하지.
       악사들이 소리를 내도 금화를 못 받기 때문에
       '음악은 은방울 소리' 라고 하는 거야.

       '그러면 음악은 은방울 소리로
       응어리진 슬픔을 금방 풀어 주네.'

악사1	제기랄, 이 염병에나 걸릴 놈!
악사2	목매고 죽어 버려, 무례한 놈 같으니!
	자, 그럼 우리 안으로 들어가지그래.
	문상객을 기다렸다가 저녁이나 얻어먹고 가게.
	(퇴장.)

제5막

구슬픈 평화를 가져오는 아침이오.
태양도 슬퍼서 고개를 들려고 하지 않는구려.
자, 가서 이 슬픈 사건에 관해 좀 더 이야기합시다.
어떤 사람은 용서받고 어떤 사람은 벌을 받을 것이오.
이 세상천지에 로미오와 줄리엣의 얘기보다
더 슬픈 이야기가 또 어디 있겠소.

5막 1장 만투아 거리

로미오 등장.

로미오   자면서 꾸는 달콤한 꿈을 믿을 수 있다면,

내 꿈은 곧 어떤 희소식이 올 전조일 거야.

내 가슴의 주인인 사랑의 신이

옥좌에 사뿐히 앉아 있고,

오늘 하루 종일 평소와는 다르게

즐거운 생각으로 마음이 들떠 있어서

내 발이 땅에 닿지 않는구나.

아내가 와서 죽은 나를 발견하는 꿈이었어.

죽은 사람이 생각을 할 수 있다니 이상한 꿈이군.

어쨌든 그녀가 내 입술에 키스를 하여

생명을 불어넣자,

내가 다시 살아나 황제가 되었어.

이! 사랑의 그림자만으로도 이렇게 벅차도록 기쁜데,

사랑 자체를 실제로 가질 수 있다면

얼마나 달콤할까!

(밸서자, 장화를 신고 등장.)

베로나에서 온 소식이구나!

어찌 되었느냐, 밸서자?

신부님께서 보낸 편지를 가져왔느냐?

아가씨는 어떠냐? 아버님께서도 안녕하시고?

거듭 묻는다만, 줄리엣 아가씨는 어떠시냐?

아가씨만 안녕하시다면 모든 게 무사한 거지.

밸서자 네, 아가씨는 평안하시고 모든 게 무사합니다.

아가씨의 시신은

캐풀릿 가문의 납골당에 잠들어 있고,

그녀의 영혼은 천사들과 함께 살고 있죠.

전 아가씨께서 조상들이 묻힌 납골당에 묻힌 걸 보고,

즉시 이 일을 도련님께 알려드리려고

급히 말을 타고 달려왔습니다.

아! 이렇게 흉한 소식을 갖고 온 절 용서하십시오.

하지만 이렇게 하라는 도련님의 분부가 있었지요.

로미오 그게 정말이냐?

운명의 별들아! 네 멋대로 하려무나.

내가 머물고 있는 숙소를 알고 있을 테니,

잉크와 종이를 가져오너라.

그리고 말을 빌려 놓도록 해라.

오늘 밤 떠날 것이다.

밸서자	도련님, 제발 진정하십시오.
	안색이 창백하고 정신이 없어 보입니다.
	어쩐지 불길한 생각이 듭니다.
로미오	원 참, 네가 잘못 보았다.
	내가 하는 일을 상관하지 말고,
	가서 시키는 일이나 해라.
	신부님께서 내게 보낸 편지를 갖고 있지 않느냐?
밸서자	없습니다, 도련님.
로미오	상관없다. 그럼 어서 가서 말을 빌려 놓도록 해라.
	나도 곧 갈 것이다. (밸서자 퇴장.)
	그럼, 줄리엣,
	난 오늘 밤 그대와 잠자리를 같이 하겠소.
	자, 방법을 찾아보자.
	아, 불길한 생각이여!
	너무도 빨리 절망한 사람의 머릿속으로
	뛰어드는구나!
	약재상 한 사람이 떠오르는군.
	이마 이 근처에 살고 있을걸.
	최근에 보니 누더기를 걸치고, 불쑥 나온 눈썹을 하고,
	이 근처에서 약초를 가려내고 있었지.
	안색에는 궁한 티가 줄줄 흐르고,

지독한 가난으로 뼈만 앙상하게 남았더군.
그리고 초라한 가게에는 거북이와 박제한 악어,
그 밖에 보기 흉한 생선 껍질들이 걸려 있었지.
가게 선반에는 몇 개 되지 않는 텅 빈 상자들과
녹색 항아리, 물고기 부레, 곰팡이 핀 씨앗,
포장용 노끈 나부랭이,
말라비틀어진 장미꽃 뭉치들이 군데군데 흩어져
겨우 약방 꼴을 갖추고 있었는데.
이렇게 궁색한 꼴을 보고 난 혼자 중얼거렸지.
'만투아에서 독약을 파는 사람은
즉시 사형이라고 하지만,
지금 누가 독약이 필요해서 사야 한다면,
그걸 구해 줄 불쌍한 인간이 바로 여기에 있어' 라고.
아! 그런데 그런 생각은 바로
오늘을 미리 예고해 준 셈이었어.
이 가난한 사람은 분명 내게 독약을 팔 거야.
내 기억으론 아마 이 집이 그 집이었지.
휴일이라고 거지같은 사람의 가게도 닫혀 있군.
여보시오! 약재상!

약재상 등장.

약재상	날 그렇게 큰소리로 부르는 사람이 누구시오?
로미오	보시오, 이리 좀 나와 보시오.
	보아하니 궁색한 모양인데,
	자, 사십 더커트⁺를 받고, 내게 독약을 좀 파시오.
	먹으면 즉시 그 효과가 온 혈관으로 퍼져 나가
	삶에 지친 나를 그 자리에서 죽게 만들고,
	급하게 불이 당겨진 화약이
	대포 구멍을 맹렬히 빠져나가듯
	내 육신에서
	당장 숨을 거두어 갈 그런 독약을 좀 주시오.
약재상	그런 치명적인 독약을 갖고 있긴 하오.
	하지만 만투아의 법에 따르면
	그걸 파는 사람은 사형이오.
로미오	그렇게 궁색하고 비참한 처지에 있으면서도
	죽는 게 두렵단 말이오?
	양 볼에는 굶주림이 괴어 있고,
	두 눈에는 모진 궁핍의 허기진 빛이 엿보이고,
	등에는 거지꼴을 한 곤궁이 축 늘어져 있소.
	세상의 법률도 당신의 친구가 아니고,
	세상이 당신을 부자로 만들어 줄 법을

✛ 더커트 : 당시 유럽에서 사용했던 금화 또는 은화.

만들어 주지도 않을 거요.

그러니 궁상을 떨며 살 게 아니라,

법을 무시하고 이걸 받으시오.

약재상 돈을 받긴 하겠지만, 가난 탓이지 내 본의는 아니오.

로미오 나 역시 당신의 본심이 아니라

가난에 대해 돈을 치르는 거요.

약재상 이걸 음료에 타서 드세요.

당신이 장정 스무 명을 당해 내는

힘을 가졌다 해도

약을 마시면 당장 뻗게 될 거요.

로미오 자, 돈 여기 있소.

사실 돈은 영혼에겐 더할 나위 없는 독이요.

이 더러운 세상에서

돈은 당신이 팔기를 주저하는 이 하찮은 독약보다

더 많은 살인을 저지르고 있소.

당신에게 독약을 판 건 나고,

당신은 내게 아무것도 팔지 않았소.

잘 있으시오. 음식을 사 먹고 살이나 좀 찌시오.

자, 독약이 아닌 생명의 활력소여!

나와 함께 줄리엣의 무덤으로 가자.

거기서 널 써야겠다. (모두 퇴장.)

5막 2장 베로나. 로렌스 신부의 사제관

존 등장.

존 프란체스코 교단 신부님, 신부님 계십니까!

로렌스 신부 등장.

로렌스 이 음성은 분명히 존 신부의 음성이야.
만투아는 잘 다녀오셨소? 로미오가 뭐라 하던가요?
그의 심중을 담은 편지가 있다면 이리 주시오.

존 저와 함께 가기로 한 우리 교단
탁발승 한 분을 찾으러 나갔다가,
시내의 한 병자를 문병하는 자리에서 만났습니다.
그런데 마침 시의 검역관이 우리가
전염병에 걸린 사람의 집에 있었다고 의심했습니다.
검역관은 전염병을 옮길까 봐 걱정이 되었던지
문을 폐쇄하고 우릴 밖으로 내보내 주지 않았습니다.
그래서 그만 만투아로 가려던 내 급한 발길이
이렇게 지체되었지 뭡니까.

로렌스	그럼 누가 내 편지를 로미오에게 가져갔소?
존	그 편지를 보낼 수가 없어서 여기 도로 가져왔습니다.
	모두들 병에 전염될까 봐 어찌나 겁을 내는지
	신부님께 편지를 돌려보낼
	심부름꾼조차도 구하지 못했답니다.
로렌스	이런 불운이 있나! 신부로서 말하지만,
	이 편지에는 결코 사소하지 않은
	매우 중대한 내용이 담겨 있소.
	이 편지를 소홀히 다루었으니
	큰 불상사가 일어날는지도 모르겠소.
	존 신부, 어서 가서 쇠지레를 구해 오시오.
존	신부님, 가서 얼른 가져오겠습니다. (퇴장.)
로렌스	나 혼자서라도 납골당에 가 봐야겠다.
	세 시간 후면 아름다운 줄리엣이 깨어날 거야.
	이 일을 로미오에게 알리지 않은 걸 알면
	줄리엣은 날 몹시 원망하겠지.
	어쨌든 만투아엔 편지를 다시 써서 보내고,
	로미오가 올 때까지
	줄리엣을 사제관에 숨겨 놓아야겠어.
	오, 줄리엣! 가엾게도 산송장이 되어
	죽은 사람들 무덤 속에 갇혀 있다니. (퇴장.)

5막 3장   베로나 묘지

패리스와 그의 시동, 꽃과 햇불을 들고 등장.

패리스   얘야, 햇불을 이리 주고,
         넌 멀찌감치 물러가 있거라.
         아니다. 햇불을 끄도록 해라.
         남의 눈에 띄고 싶지 않구나.
         저 건너 주목나무 밑으로 가서 바짝 엎드리고
         귀를 우묵한 땅바닥에 대고 있거라.
         묏자리를 판 지 얼마 지나지 않아
         아무도 밟지 않은 물렁물렁한 땅이지만,
         사람들의 소리가 네 귀에 들릴 것이다.
         귀를 땅에 대고 있다가 누가 오는 소리를 듣거든
         휘파람을 불어서 내게 알려 다오.
         그 꽃들을 내게 주고 시키는 대로 해. 가라.

시동   (방백) 이런 묏자리에 혼자 있는 일은 무척 무섭지만,
         모험을 하는 수밖에 없지. (물러간다.)

패리스   꽃같이 어여쁜 아가씨,
         당신의 신방에 꽃을 뿌립니다.

232

아, 애통하구나! 당신의 침대 덮개는 흙과 돌이니,

나는 밤마다 그 위에 향기로운 성수를 뿌리고

그게 없으면 슬픔의 신음으로 짜낸 눈물을 뿌리겠소.

당신께 드리는 장례 의식으로서

밤마다 이렇게 당신 무덤에 꽃을 뿌리고

눈물을 하염없이 쏟아 놓겠소. (시동이 휘파람을 분다.)

저 애가 누군가 온다는 신호를 보내는군.

웬 놈의 저주받을 발소리냐?

밤중에 이런 곳을 어슬렁거리며

내 진정한 사랑에게 바치는

장례 의식을 방해하다니?

아니, 횃불까지 들었구나!

어둠이여, 날 잠시 숨겨 다오. (물러간다.)

로미오, 횃불과 곡괭이 등을 든 밸서자 등장.

로미오 그 곡괭이와 쇠지레를 이리 다오.

자, 이 편지를 받아 내일 아침 일찍 아버님께 전해 줘.

횃불은 이리 줘. 내 네게 엄히 명하겠는데,

네가 뭘 듣거나 보더라도

멀찍이 물러나서 내가 하는 일을 절대 방해하지 마.

내가 이 죽음의 자리로 들어가는 이유는

아내의 얼굴을 보려는 것도 있지만,

죽은 아내의 손가락에서 보석 반지를 빼내어

그걸 중요한 일에 쓰자는 것이다.

그러니 넌 썩 물러가거라.

만약 네가 의심을 품고 다시 돌아와

내가 하려는 일을 엿본다면,

내 맹세코 네놈의 사지를 갈기갈기 찢어서

굶주린 이 묘지 주변에 흩어 놓을 게다.

때마침 한밤중인데다

지금 내 마음 또한 거칠기 이를 데 없다.

굶주린 호랑이나 성난 바다보다

내 마음이 더 잔인하고 포악하다.

밸서자　전 이만 물러가서 방해하지 않겠습니다, 도련님.

로미오　그래, 그게 날 위해 주는 것이다. 이 돈 받아 둬라.

　　　　가서 잘 살아라. 잘 가, 이 친구야.

밸서자　(방백) 주인님의 명령이 그렇다 해도

　　　　나는 이 근처에 숨어 있어야겠어.

　　　　그분 안색이 걱정될 뿐 아니라 뭔가 심상치 않아.

　　　　(물러간다.)

로미오　꼴 보기도 싫은 아가리, 너 죽음의 모태여,

이 세상에서 제일가는 진미를 삼켜 버렸구나.

원한에 찬 마음으로 이렇게 억지로라도

네놈의 썩어빠진 아가리를 벌려 (무덤을 연다.)

더 많은 음식을 처넣어 주마.

패리스 저놈은 추방당한 오만방자한 몬태규 놈이 아닌가.

저놈이 내 연인의 외사촌 오빠를 죽이자,

그 슬픔으로 어여쁜 아가씨가 죽고 말았지.

저놈은 시체에 악의에 찬 모욕을 가하려고

여기 온 게 분명해.

저놈을 체포해야겠어. (앞으로 나선다.)

못된 짓을 멈추어라, 이 사악한 몬태규 놈.

죽이고도 모자라 시체에까지 복수하겠단 말이냐?

천벌을 받을 악당아, 네놈을 체포하겠다.

순순히 날 따라와라. 널 절대 그냥 놔둘 수 없어.

로미오 어차피 난 살고 싶지 않은 몸, 그래서 여기에 온 거요.

젊은 양반, 절망에 빠진 사람의 화를 돋우지 마시오.

날 건드리지 말고 여기서 도망쳐요.

여기 죽은 사람들을 생각해 보시오.

겁이 나지 않소?

부탁이니 제발 내 화를 돋우어

내 머리 위에 또 하나의 죄를

뒤집어쓰도록 만들지 마시오.

아! 어서 가시오.

난 정말 당신을 내 몸보다 더 아끼고 있소.

나는 내 자신을 죽이려고 여기 온 것이란 말이오.

머물지 말고 제발 가시오.

살아남아서 훗날 말하시오.

어떤 미치광이의 자비 덕택에 도망갈 수 있었다고.

패리스   네놈의 간청 따위는 거절하겠다.

중한 죄를 지은 네놈을 당장 체포하겠다.

로미오   기어이 내 화를 돋울 셈이냐?

그럼 맛 좀 봐라, 이놈! (둘이 싸운다.)

시동   아, 맙소사, 싸움이 벌어졌어!

가서 야경꾼을 불러와야겠다. (퇴장.)

패리스   아, 당했어! 네게 인정이 남아 있거든

납골당을 열고 날 줄리엣 곁에 묻어 다오. (죽는다.)

로미오   그렇게 해주지. 어디 얼굴 좀 보자.

이자는 머큐쇼의 친척인

고귀한 패리스 백작 아닌가!

하인 놈이 뭐라고 했지?

말을 타고 오면서 마음이 심란해

귀담아듣진 않았지만,

패리스 백작이 줄리엣과 결혼한다고 했던 것 같은데?

그놈이 그렇게 말하지 않았나?

아니면 내가 그런 꿈을 꾸었나?

혹시 내가 미쳐서

패리스 백작이 줄리엣 얘기를 하는 걸 듣고

그렇게 생각한 건 아닐까?

아! 우리 악수나 합시다.

그대도 나처럼 쓰라린 비운의 명부에

이름이 오른 사람이 아니오.

그대를 영광의 무덤에 묻어 드리겠소.

무덤아, 아니오! 광명의 탑이오, 죽은 젊은이여.

여기 줄리엣이 누워 있고,

그녀의 아름다움이 이 납골당을

찬란한 연회장으로 만들고 있기 때문이오.

고인이여, 죽기를 작정한 이 사람의 손에 묻혀

여기 고이 잠드시오.

(패리스를 납골당 안에 누인다.)

사람이 죽기 직전에는 흔히들 명랑해진다는데,

지켜보는 사람들은

그걸 죽기 직전의 섬광이라고들 한다지.

아! 하지만 어찌 내가 지금을

섬광이라고 할 수 있겠어?

아, 내 사랑! 내 아내여!

꿀같이 달콤한 당신의 숨결을 빨아 마신 죽음의 신도

당신의 아름다움만은 어쩔 수가 없던 모양이군.

당신은 아직 죽음에 정복당하지 않았고,

아름다움의 깃발이

당신의 입술과 볼에 여전히 붉게 나부끼고 있소.

죽음의 창백한 깃발도 거기까진 미치지 못한 것 같소.

티볼트여, 당신도 피 묻은 수의를 입고

거기 누워 있소?

아, 자네의 청춘을 두 동강이 낸 바로 이 손으로,

자네 원수인 이 몸을 찢어 죽이는 것보다

더 큰 호의를 내 어찌 베풀 수 있겠는가?

날 용서해 주게, 티볼트!

아, 사랑하는 줄리엣!

그대는 어찌하여 아직도 그렇게 아름답소?

혹시 저 망령 같은 죽음의 신조차도 당신에게 반해

당신을 자신의 정부로 삼으려고

이 암흑 속에 가두어 놓은 건 아니오?

그게 걱정이 돼서

나는 언제까지나 당신 곁에 머무를 것이고,

이곳 컴컴한 밤의 궁전을 절대로 떠나지 않겠소.
난 당신의 시녀라고 할 구더기들과
이곳에 남아 있겠소.
오! 난 이곳을 영원한 안식처로 삼겠소.
이 안식처에 남아 세상살이에 지친 이 육신에서
기구한 운명을 점지하는
별들의 멍에를 떨쳐 버리겠소.
두 눈아, 마지막으로 보아라!
두 팔아, 마지막으로 포옹하라!
그리고 생명의 문인 두 입술이여,
정당한 키스로 도장을 찍어
모든 걸 독차지한 죽음의 신과
영원한 계약을 맺어라!
오너라! 쓰디쓴 저승의 길잡이여!
오너라! 씁쓸한 죽음의 안내자여!
절망에 사로잡힌 뱃사공이여,
파도에 시달려 지친 배를
지금 당장 암초에 부딪혀 산산조각 내버려라!
내 사랑을 위해 건배! (독약을 마신다.)
아, 정직한 약재상! 약효도 빠르구나.
이렇게 키스하며 나는 죽는다. (죽는다.)

로렌스 신부가 등불, 쇠지레와 삽을 들고 등장.

로렌스   프란시스 성자님, 절 보호해 주소서!

오늘 밤은 이 늙은이의 발이 왜 자꾸 무덤에 걸리지.

게 누구요?

밸서자   접니다. 신부님을 잘 아는 사람입니다.

로렌스   네게 축복이 있기를!

이 사람아, 구더기와 눈알 없는 해골들을

헛되이 비추고 있는 저기 저 횃불은 뭐지?

내 짐작으로는 저 횃불이

캐풀릿 집안의 묘소에서 타고 있는 것 같군.

밸서자   그렇습니다, 신부님.

신부님께서 아끼시는 제 주인도 저기 계십니다.

로렌스   누구 말이냐?

밸서자   로미오 도련님 말입니다.

로렌스   그가 얼마나 오래 저기 가 있었느냐?

밸서자   반 시간쯤이죠.

로렌스   나와 저 납골당으로 가자.

밸서자   신부님, 그럴 수는 없습니다.

제 주인께서는 제가 여길 떠난 줄 알고 있습니다.

만약 제가 여기 머물러 있다가

그분이 하는 일을 엿보면

날 죽이겠다고 무섭게 위협했습니다.

로렌스 그럼 여기 있어라, 나 혼자 가겠다.

그런데 겁이 나는구나.

아! 꼭 무슨 불상사가 있을 것 같아 몹시 걱정이다.

뱁서자 제가 여기 이 주목나무 밑에서 졸고 있었는데,

잠결에 제 주인께서 어떤 사람과 싸우다가

그 사람을 죽이는 것 같았습니다.

로렌스 (앞으로 나선다.) 로미오가!

아이고, 이런! 이게 웬 피냐?

이 무덤의 돌 입구를 물들인 이 피가 웬 피냐?

이건 또 웬일이냐.

피가 엉켜 붙은 주인 없는 칼들이

이 안식처에 끔찍하게 굴러다니고 있구나.

(납골당 안으로 들어간다.)

로미오! 아, 창백하구나! 저건 또 누구지?

아니, 패러스도 피투성이 아닌가?

아! 이 얼마나 무정한 시간의 장난인가?

이렇게도 비통한 죄를 저질러 놓다니!

줄리엣이 깨어나는군. (줄리엣이 깨어난다.)

줄리엣 아, 고마우신 신부님! 제 남편은 어디 계시죠?

전 제가 있어야 할 곳을 잘 알고 있고,

지금 그곳에 있습니다.

로미오 님은 어디 계시죠? (안에서 사람 소리.)

로렌스　무슨 소리가 들리는구나. 줄리엣, 나오너라.

죽음과 질병과 잠 아닌 잠이 깃든

그 자리를 박차고 나오너라.

사람의 힘으로는 어쩔 수 없는 큰 힘이

우리의 계획을 좌절시키고 말았구나. 자, 나가자.

네 가슴속의 남편은 죽어서 거기 누워 있고,

패리스 백작 역시 그렇다. 자, 가자.

널 수녀들과 함께 지내도록 해 주겠다.

야경꾼들이 오고 있으니 묻고 말고 할 시간이 없다.

자, 가자, 줄리엣. (사람 소리.)

더 이상 지체할 수 없다.

줄리엣　어서, 신부님이나 가세요. 전 가지 않겠어요.

(로렌스 신부 퇴장.)

진실한 내 사랑,

로미오 님 손에 꼭 쥐어 있는 이 잔은 뭘까?

아마 독약을 마시고 때 아닌 죽음을 고하셨나 보다.

아, 지독한 사람! 단 한 방울도 남겨 놓지 않아

뒤따라가지도 못하게 하다니!

그럼 당신 입술에 키스를 하겠어요.

혹 당신 입술에 독약이 아직 묻어 있어

생명의 영약처럼 날 천당에 보내 줄지도

모르는 일이니까. (키스한다.)

당신 입술이 따뜻하군요!

야경꾼1　(안에서) 얘야, 안내해라, 어느 쪽이냐?

줄리엣　아, 인기척이 들린다. 그럼 어서 끝장을 내자.

오, 반가운 단도여! (로미오의 단도를 뺀다.)

이 가슴이 그대의 칼집이다. (자신을 찌른다.)

거기 박혀 날 죽게 해 다오.

(로미오의 시체 위에 쓰러져 죽는다.)

패리스의 시동과 야경꾼들 등장.

시동　여기입니다. 저기 횃불이 타고 있는 곳 말입니다.

야경꾼1　땅바닥이 피투성이로군. 묘지 일대를 수색하세.

몇 사람은 가서 눈에 띄는 사람이면

누구든 체포하게. (야경꾼 몇 사람 퇴장.)

이 무슨 처참한 꼴인가!

백작님이 살해되어 누워 있고,

이틀 전에 매장된 줄리엣 아가씨는

방금 죽은 것처럼 피를 흘리고 있고

따뜻한 체온이 아직 남아 있어.

가서 영주님께 보고하게.

캐퓰릿 댁으로 달려가서 알려라.

몬태규 집안사람들도 깨우도록 해.

다른 사람들은 근처를 수색하게. (야경꾼 몇 사람 퇴장.)

시신들이 처참하게 쓰러져 있는 이곳을

내 눈으로 보고 있지만,

이 처절한 불행의 진상은 자세히 조사해 보지 않고는

도저히 알 도리가 없구나.

야경꾼 몇 사람, 밸서자를 데리고 다시 등장.

야경꾼 2   여기 로미오의 하인이 있네.

                묘지에서 이자를 찾아냈지.

야경꾼 1   영주님께서 오실 때까지

                도망가지 못하게 그자를 잡아 두게.

다른 한 사람의 야경꾼, 로렌스 신부와 다시 등장.

야경꾼 3   여기 신부님이 계신데, 온몸을 덜덜 떨며 한숨을 쉬며 울고 계시더군.

묘지 쪽에서 오는 것을 붙잡았어.

갖고 있던 쇠지레와 삽은 압수했네.

야경꾼 1 몹시 수상해. 그 신부님도 잡아 두게.

영주와 수행원들 등장.

영주 이 이른 아침에 도대체 무슨 불상사가 있기에

잠도 자지 못하게 나를 불러내느냐?

캐풀릿, 캐풀릿 부인, 하인들 등장.

캐풀릿 대체 뭣 때문에 밖이 저렇게 소란스러우냐?

캐풀릿 부인 한길에서 어떤 사람들은 '로미오'를 외치고,

또 어떤 사람들은 '줄리엣'을,

또 어떤 사람들은 '패리스'를 크게 외치면서

모두 우리 납골당 쪽으로 달려오고 있습니다.

영주 우리 귀를 놀라게 하는

저 겁에 질린 소리는 무엇이냐?

야경꾼 1 영주님, 패리스 백작이 살해되어 쓰러져 있고,

로미오 도련님도 돌아가셨습니다.

앞서 죽은 줄리엣 아가씨도

방금 죽은 것처럼 아직 몸이 따뜻합니다.

영주   잘 수색해 보거라.

이 흉측한 살인의 진상을 규명해라.

야경꾼 1   여기 신부 한 사람과

로미오 도련님의 하인이 있는데,

납골당을 열기에 적당한 연장들을 갖고 있습니다.

캐풀릿   오, 저런! 오, 여보!

딸애가 피를 흘리고 있는 걸 보시오!

이 단도는 길이 잘못 들었어! 저것 좀 보시오.

로미오란 놈이 허리에 차고 있는

칼집은 텅 비어 있고,

엉뚱하게 단도가 내 딸의 가슴에 꽂혀 있소.

캐풀릿 부인   오, 이를 어쩌나!

이 죽음의 광경은 마치 조종처럼

이 늙은이를 무덤으로 불러들이고 있어.

몬태규, 하인들을 데리고 등장.

영주   어서 오시오, 몬태규.

이렇게 일찍 일어나

당신 아들이자 상속자인 로미오가

저렇게 쓰러져 있는 걸 보게 되었구려.

몬태규 오! 영주님, 간밤에 제 아내가 죽었습니다.

자식의 추방을 한탄하다가 목숨을 끊고 말았습니다.

그 어떤 불행이 이 늙은이를 더 괴롭힐 수 있겠습니까?

영주 보시오, 보면 알 것이오.

몬태규 아, 이 버르장머리 없는 놈!

아비에 앞서 먼저 무덤으로 뛰어들다니,

도대체 이 무슨 짓이냐?

영주 잠시 분노에 찬 그 입을 닫아 주시오.

먼저 의혹에 찬 이 사건의 진상을 규명하여

그 전모를 밝혀야겠소.

당신들의 불행에 나 역시 누구 못지않게 슬프다오.

원수들의 죽음으로 대가를 치르게 하겠소.

그러니 잠시 참고 이 불행을 인내심으로 견뎌 주시오.

자, 그럼 용의자들을 이리 끌어내라.

로렌스 제가 가장 유력한 용의자입니다.

이런 일엔 너무나 무력한 제가

때와 장소가 여의치 않아 이 무서운 살인의

가장 유력한 용의자가 되고 말았습니다.

제가 지은 죄에 대해서는 자진해서 벌을 받을 것이고,

혐의가 없는 부분에 대해서도

제 스스로 해명하려고 합니다.

영주   그럼 즉시 이에 대해 알고 있는 것을 말해 보시오.

로렌스   간단히 말씀드리지요.

얼마 남지도 않은 삶이라

장황하게 이야기할 시간이 없으니까요.

저기 죽어 있는 로미오는 저 줄리엣의 남편이고,

저기 죽어 있는 줄리엣은

저 로미오의 성실한 아내였습니다.

제가 이들을 결혼시켰지요.

그런데 그들이 몰래 결혼한 날이

공교롭게도 티볼트가 죽은 날이었죠.

뜻하지 않은 살인 때문에,

이제 막 결혼식을 올린 새신랑은

이 도시에서 추방당했습니다.

줄리엣이 슬퍼했던 건 티볼트의 죽음이 아니라

추방당한 신랑 때문이었죠.

이를 전혀 몰랐던 캐퓰릿 님은

딸의 슬픔을 덜어 줄 작정으로

패리스 백작과 약혼을 시키고,

억지로 결혼식을 올리게 했습니다.

그러자 따님은 저를 찾아와 실성한 표정으로
이 두 번째 결혼을 피할 방도를
찾아 달라고 간청했지요.
그게 여의치 않으면
그 자리에서 자살하겠다고 했습니다.
그래서 제가 평소에 배워 둔 기술로
줄리엣에게 수면제를 지어 주었습니다.
제가 생각했던 대로 효과가 나타나
그 약을 먹은 줄리엣은 가사 상태에 빠졌습니다.
한편 전 로미오에게 편지를 써 보내서,
바로 이 끔찍스런 오늘 밤에 여기 오라고 했지요.
약효가 떨어질 시각에 저와 함께 이곳에 와서
가짜 무덤에서 줄리엣을 구해 내자고 했습니다.
하지만 제 편지를 들고 간 존 신부는
사고로 인해 시간을 지체하게 되었고,
어젯밤 도로 편지를 갖고 돌아오고 말았습니다.
그래서 전 줄리엣이 깨어날 시간에 이곳으로 와서,
친족들이 묻힌 납골당에서 데리고 나와
당분간 제 사제관에 숨겨 두려고 했습니다.
로미오에게는 적당한 시기에 연락하려고 했지요.
제가 이곳에 왔을 때는,

줄리엣이 깨어나기 약 일 분 전쯤이었습니다.

여기에는 뜻밖에도 고귀한 패리스 백작과

진실한 로미오가 죽어 쓰러져 있었습니다.

마침 줄리엣이 깨어나, 저는 같이 나가자고 했고,

이는 모두 하늘의 뜻이니

인내심을 갖고 참으라고 했지요.

바로 그때 사람 소리가 들려왔고

저는 놀라 무덤에서 뛰어나왔습니다.

하지만 줄리엣은 절망하여

함께 밖으로 나오려고 하지 않았고

마침내 자결을 한 것 같습니다.

이것이 제가 알고 있는 진상의 전부입니다.

그들의 결혼에는 유모도 관여했습니다.

이 일에 관해 제 과실이 조금이라도 있다면

어차피 얼마 남지 않은 늙은 목숨이니,

추상같은 법으로 엄히 다스려 주십시오.

영주   우리는 늘 당신을 덕이 높은 신부로 알고 있소.

그런데 로미오의 하인은 어디 있느냐?

할 말이 있으면 해 보아라.

밸서자   제가 도련님께

줄리엣 아가씨의 사망 소식을 전해 드렸더니,

도련님은 급히 말을 타고 만투아에서

바로 이곳 납골당으로 달려왔습니다.

도련님은 이 편지를

아침 일찍 아버님께 전하라고 분부하시고

납골당 안으로 들어가면서,

자신을 혼자 두고 물러나지 않으면

저를 죽이겠다고 위협하셨습니다.

영주　　그 편지를 이리 내라, 한번 봐야겠다.

야경꾼을 불렀다는 백작의 시동은 어디 있느냐?

그래, 네 주인은 이곳에서 뭘 하고 있었느냐?

시동　　주인님은 아가씨의 무덤에 꽃을 뿌리려고

여기 이 자리에 오셨지요.

저더러는 멀리 떨어져 있으라고 하시기에,

전 떨어져 있었습니다.

그런데 곧 횃불을 든 누군가가 와서

납골당 문을 열었고,

주인님은 당장 그 사람에게 칼을 빼들었어요.

그래서 전 야경꾼을 불러오기 위해

급히 달려갔습니다.

영주　　이 편지를 보니 두 사람이 사랑하게 된 경위와

줄리엣의 죽음에 관한 전모 등

신부의 증언이 사실인 것 같소.

또한 로미오가 쓴 걸 보면,

어느 가난한 약재상에게 독약을 사서,

그걸로 자살을 하고 줄리엣과 함께 누워 잠들기 위해

이 납골당으로 왔다는 것도 사실이오.

서로 원수지간인 사람들은 어디 있소?

캐풀릿! 몬태규!

당신들의 증오에 어떤 천벌이 내렸는지 보시오.

하늘은 당신들의 기쁨인 자녀들을

서로 사랑해 죽게 한 것이오.

나 역시 당신들의 불화를 등한시한 탓에

친척 두 사람을 잃었소.

우리 모두 벌을 받았소.

캐풀릿 아, 몬태규 사돈 양반, 손이나 잡아 봅시다.

이렇게 손 잡는 것을

내 딸의 혼숫감이라고 생각하겠소.

더 이상 무엇을 바라겠습니까?

몬태규 그러나 전 그 이상을 해 드릴 수 있습니다.

난 순금으로 된 따님의 동상을 세울 것이니까요.

베로나라는 이름이 이 세상에 알려져 있는 한,

진실하고 정숙한 줄리엣의 동상보다

더 높이 평가받는 동상은 세상에 없을 것입니다.

캐퓰릿 나도 그 못지않은 로미오의 동상을

그의 아내 상 옆에 세우겠소.

우리의 반목에 희생된

가엾은 이 아이들을 추모하기 위해!

영주 구슬픈 평화를 가져오는 아침이오.

태양도 슬퍼서 고개를 들려고 하지 않는구려.

자, 가서 이 슬픈 사건에 관해 좀 더 이야기합시다.

어떤 사람은 용서받고 어떤 사람은 벌을 받을 것이오.

이 세상천지에 이 로미오와 줄리엣의 얘기보다

더 슬픈 이야기가 또 어디 있겠소.

(모두 퇴장.)

Romeo and Juliet

작품 해설

셰익스피어의 생애

셰익스피어는 1564년 4월 23일 스트랫퍼드-어폰-에이번에서 존과 메리 부부의 첫아들이자 8남매 중 셋째로 태어났다. 잉글랜드 중부에 위치한 스트랫퍼드는 아름다운 숲과 계곡으로 둘러싸여 있는 작은 마을로, 이곳의 자연은 대학 교육을 받지 못한 셰익스피어에게 더없이 좋은 선생님이 되어 준다. 셰익스피어의 모든 작품 속에는 수많은 동식물의 이름이 등장하는데, 이러한 자연의 이미지는 그의 작품을 이끌어 가는 데 매우 중요한 역할을 한다.

당시 아동들은 5~6세 때부터 학습을 시작해서 주로 읽기, 쓰기, 셈하기를 배웠다. 셰익스피어는 11살에 입학한 문법학교에서 문법, 논리학, 수사학 등을 배웠다. 이곳에서는 주로 오비디우스[+]의 『변신 이야기』, 베르길리우스[++]의 『아이네이스』, 키케로[+++]와 호라티우스[++++]의 글 등 로마 시대의 고전을 교재로 사용하였는데, 특히 성경과 더불어 오비디우스의 『변신 이야기』는 셰익스피어에게 지대한 영향을 미친다.

셰익스피어의 생애에서 세례일과 결혼일자를 제외하면 확실한 기록으로 남아 있는 것은 거의 없다. 셰익스피어는 1582년 11월 28일, 18세가 되던 해에 자신보다 여덟 살 많은 인근 마을 농부의 딸 앤 해서웨이와 결혼한다. 그리고 1583년 5월 23일에는 수잔나라는 딸을 낳는다. 엘리자베스 시대의 정황으로 보아 앤은 그리 나이가 많은 신부는 아니었지만, 셰익스피어가 연상의 아내를 그리 사랑한 것 같지는 않다.

셰익스피어는 1585년에 햄닛과 주디스라는 쌍둥이가 태어난 뒤 곧장 고향을 떠나 떠돌아다닌다. 1586년에서 1590년까지 셰익스피어가 어디에서 무엇을 했는지는 어떤 기록도 남아 있지 않다. 다만 1590년 경에서야 런던에 도착해 이때부터 배우, 극작가, 극장 주주로 활동했다는 기록만이 남아 있다. 대작가의 생애는 대부분의 경우 흥미진진한 이야기를 포함하지만, 셰익스피어의 경우는 그리 흥미로운 이야기를 발견할 수 없다.

런던으로 이주한 셰익스피어는 눈부시게 변한 수도 런던의 모습에 매료되었다. 셰익스피어가 극작가로서 왕성하게 활동했던 시기의 런던은 인구가 20만 명이 넘는 대도시로 성장해 있었다. 농촌에서 유입된

✛ **오비디우스**(BC 43~AD 17) : 고대 로마의 시인. 사랑의 즐거움을 노래한 연애시로 유명하다. 작품에는 서사시 『사랑의 기술』, 『애가』 따위가 있다.

✛✛ **베르길리우스**(BC 70~BC 19) : 고대 로마의 시인. 로마의 건국과 사명을 노래한 민족 서사시 『아이네이스』를 썼다.

✛✛✛ **키케로**(BC 106~BC 43) : 로마의 정치가, 학자, 작가. 집정관이 되어 카틸리나의 음모를 폭로하고 '국부(國父)'라는 칭호를 얻었다. 그의 문체는 라틴어의 모범으로 일컬어진다. 저서에 『국가론』, 『법률론』, 『의무론』 등이 있다.

✛✛✛✛ **호라티우스**(BC 65~BC 8) : 고대 로마의 시인. 풍자시, 서정시로 명성을 얻어, 아우구스투스의 총애를 받았으며, 그의 『시론』은 아리스토텔레스의 『시학』과 함께 후세에 큰 영향을 주었다.

수많은 사람들로 거리는 활기가 넘쳤고, 굉장히 북적거렸다.

그러나 런던은 급격한 인구 팽창과 열악한 위생 시설로 인해 자주 전염병이 돌았고, 이에 따라 극장 또한 자주 폐쇄되었다. 흑사병은 1564년, 1592년, 1603년 그리고 1623년에 걸쳐 런던을 휩쓸었는데, 그 희생자 수는 약 10만 명에 달했다.

이렇게 인구의 급격한 팽창으로 인해 런던은 여러 문제점을 안고 있었지만, 다양한 경제 활동과 여러 문화 행사, 특히 빈번히 열리는 연극 공연은 셰익스피어가 극작가로서 성장할 수 있는 좋은 토양이 되어 준다.

1592년 극작가 로버트 그린은 셰익스피어의 등장에 대해 "우리의 아름다운 깃털로 장식한 벼락출세한 까마귀가 나타났다"고 기술하고 있는데, 이는 당시 부상하고 있었던 그의 인기를 반증해 주는 논평이다.

이 무렵 셰익스피어는 『타이터스 안드로니커스』, 『착오희극』, 『헨리 6세』, 『리처드 3세』를 무대에 올린다. 이중에서 『헨리 6세』는 대단한 인기를 얻는다. 악의에 찬 그린의 비난에도 불구하고, 셰익스피어 작품의 인기는 시간이 지날수록 더해 갔다.

비록 셰익스피어는 대학 교육을 받지 못했지만, 타고난 언어 구사 능력과 무대예술에 대한 천부적인 감각, 다양한 경험, 인간에 대한 심오한 이해력으로 당대 최고의 작가로 우뚝 선다.

1623년 동료 극작가인 벤 존슨은 그리스와 로마의 극작가와 견줄 수 있는 사람은 오직 셰익스피어뿐이라고 호평하며, 그를 '어느 한 시대의 사람이 아니라, 모든 시대의 사람'이라고 칭찬했다. 1668년 시인 존 드라이든은 셰익스피어를 '가장 크고 포괄적인 영혼'이라고 극찬한다.

집필한 대부분의 작품은 셰익스피어 살아생전에 인기를 누렸고, 그는 축적한 부를 바탕으로 1597년 스트랫퍼드에 대 저택을 사들여, 1610년경에 낙향한다. 그리고 1616년 4월 23일, 53세의 나이로 사망하여 고향의 성 트리니티 교회에 묻히게 된다.

셰익스피어의 작품

셰익스피어는 1590년에서 1613년에 이르기까지 10편의 비극(로마극 포함), 17편의 희극, 10편의 역사극, 2편의 장시와 시집 『소네트』를 집필하였다. 그러나 이 모든 작품이 그의 생전에 출판된 것은 아니다. 그가 죽은 뒤 7년이 흐른 뒤에야 『제1이절판 전집』에 『페리클레스』를 제외한 36편의 극작품이 모두 수록된다. 37편의 희곡 작품들은 상연 연대에 따라 대개 4기로 분류된다.

제1기는 습작기(1590~1594)로 이 기간 동안에 셰익스피어는 주로 사극과 희극을 집필했지만, 그리 주목할 만한 작품은 없다. 1592년 로즈 극장에서 상연된 『헨리 6세』는 큰 인기를 끌었지만, 런던에 흑사병이 돌아 그만 극장이 폐쇄되고 만다. 작품을 무대에 올릴 수 없게 되자, 셰익스피어는 이 시기 동안 「비너스와 아도니스」와 「루크리스의 능욕」이라는 두 편의 장시를 발표하여 시인으로서의 이름을 드높였고,

또한 이 시들을 사우샘턴 백작에게 헌정함으로써 든든한 후원자를 얻게 된다.

제2기는 성장기(1595~1600)로 1595년 『한여름밤의 꿈』이라는 낭만희극을 상연하여 호평을 받으면서 습작기를 벗어나게 된다. 이 기간 동안 『뜻대로 하세요』, 『12야』 등의 낭만희극과 『베니스의 상인』 등 많은 희극 작품들이 상연되었고, 『헨리 4세』 1부와 2부 같은 사극과 『줄리어스 시저』라는 로마극이 상연되었으며, 본격적인 비극으로는 『로미오와 줄리엣』이 처음으로 상연되었다. 이를 통해 셰익스피어는 비극과 희극, 사극의 모든 장르에 뛰어난 극작가로서의 명성을 쌓게 된다.

셰익스피어를 세계 문학사에서 불후의 명성을 지닌 작가로 만들어준 것은 바로 제3기에 집필된 작품이다. 제3기는 원숙기(1601~1607)로 이 기간 중 4대 비극인 『햄릿』, 『오셀로』, 『리어 왕』, 『맥베스』가 상연되었다. 이들 작품에서 셰익스피어는 인생에 대한 깊이 있는 통찰을 보여 줄 뿐 아니라 동시에 걸출한 등장인물들을 창조한다. 『햄릿』에서는 우유부단한 주인공 햄릿을 통해 복수에 관련된 윤리성, 삶과 죽음의 문제, 정의와 불의의 문제를 조명하고 있고, 『오셀로』에서는 무어 인 장군 오셀로와 베니스의 귀족 여성 데스데모나, 그들 사이를 이간질하는 이아고의 이야기를 통해 사랑과 신뢰와 질투의 문제를, 『리어 왕』에서는 리어 왕과 그의 세 딸인 코델리어, 거네릴, 리건의 이야기를 통해 효와 불효, 말과 진실, 외양과 실제의 문제를, 『맥베스』에서는 야심에 찬 맥베스와 그의 아내가 자행하는 찬탈의 이야기를 통해 선과 악의 문제를 심도 있게 조명하고 있다.

1603년 엘리자베스 여왕이 죽고 제임스 1세가 새로운 왕으로 등극하면서 문학 작품과 사회 전반의 낙관적 분위기는 퇴조한다. 무질서에 대한 불안과 불확실성에 대한 두려움으로 인한 사회의 비관적 분위기는 셰익스피어 작품에도 영향을 미친다. 앞에서 보았듯 주요 비극 작품이 이 시기에 집필되었으며, 희극이지만 어두운 분위기 속에서 진행되는 문제극 『이척보척』이 집필된 것도 이때다. 이 작품에는 권력에 대한 환멸과 법과 정의에 대한 회의적 시각이 반영되어 있다.

제4기(1608~1613)에 들어 셰익스피어는 비희극이란 새로운 장르를 시험하는데, 이 시기 동안 대중들의 감상적인 기호에 부합하는 4개의 비희극이 상연되었다. 비희극은 장르의 혼합을 경멸하던 극 비평계의 비난에 직면하기도 한다. 그러나 이 시기에 상연된 『폭풍우』는 셰익스피어의 달관된 인생관을 잘 보여 주는 수작이다. 이 작품에서 주인공 프로스페로는 인간은 "꿈과 같은 존재여, 이 보잘것없는 인생은 잠으로 끝나는 것"(4막 1장)이라고 말하고, "내 마술은 오늘이 마지막이야. …… 이 마술 지팡이를 부러뜨리고 땅속 깊이 묻어야지. 그리고 이 마법의 책은 …… 깊은 바다 속에 던져 버려야지"(5막 1장)라고 말하는데, 이는 무대에 대한 셰익스피어 자신의 고별사로 해석된다.

37개의 작품 전부를 과연 대학 교육도 받지 않은 장갑 제조업자의 아들 셰익스피어가 혼자 집필했을까 하는 의문이 끊임없이 제기되어 왔다. 어떤 학자는 철학자이며 정치가인 프란시스 베이컨이 셰익스피어 작품의 실제 저자라고 추정하기도 하고, 에섹스 백작 또는 옥스퍼드 백작이 실제 저자라고 추정하기도 한다. 그러나 이러한 추측에는 아무런 근거가 없다. 셰익스피어라는 천재는 대학을 다니지 않았지만 자연과 인간의 실제 삶에서 극작의 모든 것을 배웠다.

시인이자 극작가인 존 드라이든은 『극시론』에서 셰익스피어를 자연의 시인으로 평가하고 다음과 같은 찬사를 보낸다.

> 그는 모든 현대 시인들, 어쩌면 모든 고전 시인들 중에서 가장 크고 가장 포괄적 영혼을 지닌 사람이었다. 자연의 모든 이미지들이 항상 그에게 현존해 있었다. (……) 그는 자연스럽게 배운 사람이며, 자연을 읽기 위해 책이란 안경을 필요로 하지 않았다. 그는 자신의 마음속을 들여다보고 거기서 자연을 발견했다.

셰익스피어는 많은 작품에서 이미 알려진 이야기들을 소재로 삼고 있어 스토리 전개가 그리 독창적이지 않다는 평가를 받기도 한다. 그러나 걸출한 등장인물의 창조와 인간 본성에 관한 심오한 해석과 시적인 묘미와 아름다움을 드러내는 셰익스피어의 천재적 언어 감각은 셰익스피어의 작품을 다른 어떤 작품과도 견줄 수 없는 고전으로 자리 잡게 한다.

다음은 셰익스피어 전집 서문에 수록된 새뮤얼 존슨의 논평으로 셰익스피어를 가장 적절하게 평가한 글일 것이다.

> 보편적인 자연을 올바르게 재현하는 것 외에는 아무것도 많은 사람들을 오래도록 즐겁게 할 수 없다. (……) 셰익스피어는 어느 작가보다도 자연의 시인이다. 즉, 그는 독자들에게 삶과 세태의 모습을 충실히 비추는 거울을 들어 보여주는 시인이다.

『로미오와 줄리엣』에 나타난 비극의 특징

이탈리아의 베로나를 배경으로 청춘 남녀의 순수한 사랑을 다룬 『로미오와 줄리엣』은 셰익스피어의 가장 인기 있는 작품 중 하나로, 1596년경에 집필된 것으로 추정된다. 이 작품은 설정부터가 예사롭지 않다.

로미오와 줄리엣은 철천지원수 집안의 자제로 서로를 사랑해서는 안 되는 사이다. 하지만 사랑하는 연인들 앞에 가로놓인 장애는 도리어 그들의 사랑을 더욱 강하게 결속시키는 역할을 한다. 로미오와 줄리엣에게 사랑은 하나의 종교다. 그들은 사랑만을 믿고 사랑만을 숭배한다.

하지만 그들 앞에 주어진 운명은 그리 호락호락하지 않다. 흔히 로미오와 줄리엣은 운명의 장난에 희생된 불운한 연인의 전형으로 여겨지며, 그들의 순수한 사랑의 좌절과 죽음은 독자들의 동정과 연민을 불러일으킨다.

그러나 그들의 불행을 전적으로 운명 탓으로 돌릴 수 있을까? 원수 집안의 자제라는 강력한 운명이 무서운 속도로 작동하게 하는 것은 바로 그들 자신이기 때문이다. 로미오는 경솔하다. 그의 경솔함은 줄리엣을 만나자마자 로절라인을 금새 잊어버리는 태도에서 잘 드러난다. 로절라인의 거절에 애태우면서 식음을 전폐하고 잠 못 이루던 로미오는, 줄리엣을 만나자마자 그 전의 모든 것을 잊어 버리고 줄리엣을 숭배한다.

> 밤의 뺨에 매달린 그녀의 모습은 에티오피아 흑인 여인의 귀에 달린 값진 보석 같구나. 써 버리자니 너무 값지고, 속세에 두기엔 너무 귀한 아름다움이로구나! (……) 내가 지금까지 사랑을 했다고? 눈이여, 아니라고 답하라! 오늘 밤 전까지는 난 진정 아름다운 여인을 본 적이 없으니까.

로미오는 줄리엣을 보는 순간 지금까지의 사랑을 부정한다. 그렇다면 줄리엣보다 더 아름다운 여인이 나타난다면 또다시 사랑의 대상을 바꿀 것인가? 그리하여 로렌스 신부는 "로절라인은 네가 그토록 열렬히 사랑했던 여인이 아닌가? 어떻게 그토록 쉽게 저버릴 수가 있는 게냐? 젊은이들의 사랑이란 마음속에 있지 않고 눈 속에 있나 보구나"라고 젊은이의 경솔함과 변덕을 나무란다.

두 연인의 맹목적인 열정은 그 무엇으로도 막을 수 없을 것 같다. 로미오와 줄리엣은 부모의 동의도 구하지 않고 성급히 비밀 결혼을 진행한다. 두 집안이 원수지간이라는 점을 생각할 때 부모님의 동의를 얻어 내기란 거의 불가능한 일이다. 하지만 이 점을 인정한다 해도 두 사람의 거침없는 행동이 비극적인 결과를 불러왔다는 사실을 부정할 수 없다. 줄리엣은 패리스 백작과 결혼을 원하는 부모를 속이고, 죽은 것처럼 꾸며 무덤 속으로 들어간다. 그러자 로미오는 줄리엣이 죽었다는 소식을 듣고 당장에 독약을 사서 무덤으로 달려간다.

브래들리라는 비평가는 셰익스피어 비극에서 '성격은 곧 운명'이라고 말한다. 비극적 결과에 운명보다는 주인공의 성격이 더 치명적인 요소로 작용하기 때문이다. 연인들의 격정과 성급한 성격이 운명과 결합하면서 극은 무서울 만큼 빠르게 비극으로 치닫는다. 그러므로 로미오와 줄리엣은 비극적 결과에 대한 책임에서 자유로울 수 없다.

모든 비극은 하나의 요인으로 성립하지 않는다. 즉, 그 주위의 여러 복합적인 요소가 동시에 작용할 때 비극적 파국에 도달하게 된다. 로미오와 줄리엣이 원수 집안의 자제들이 아니었다면, 물론 비극적 파국은 발생하지 않았을 것이다. 로미오가 싸움판에 끼어들어 티볼트를 살해하지 않고 베로나에서 추방되지 않았다면, 사건은 다른 방향으로 진행되었을 것이다. 줄리엣의 아버지가 그렇게 급하게 줄리엣에게 패리스와의 결혼을 종용하지 않았어도, 사건은 달리 진행되었을 것이다. 로렌스 신부의 편지가 로미오에게 제때 전달되었다면, 두 연인의 사랑은 죽음으로 끝나지 않았을 것이다. 그러나 우연처럼 보이는 이 모든 것이 관여하여 로미오와 줄리엣은 비극적 종말을 맞이한다.

젊은 연인들이 사랑을 맺는 과정은 성급하고 경솔하지만, 그들의 사랑은 순수하며, 연인들은 시련을 통해 성숙한다. 로미오와 줄리엣은 앞으로 다가올 불행한 결과를 직감하면서도 사랑을 포기하지 않는다. 그들은 당당하게 자신들에게 떨어진 운명을 직시하고, 죽음을 받아들이는 용기와 사랑에의 헌신을 보여 준다. 젊은 연인들은 경솔하게 사랑을 진행하던 처음과는 달리 비극으로 치달을수록 점점 더 진지해지고, 죽음에 이르자 숭고한 사랑의 모습을 드러낸다. 이 둘의 사랑은 현세에서 끝나지 않고, 죽음을 초월하는 사랑으로 승화한다.

그렇다면 셰익스피어는 불운한 연인들의 죽음을 통해 무엇을 말하려고 하는가? 사랑과 운명 사이의 갈등을 통해 불운한 운명에 희생되는 청춘 남녀를 보여 주고자 하는가? 아니면 이 작품에서 절제되지 않은 강렬한 열정으로 인해 비극적 결과를 초래하는 인물들을 보여 주려고 하는가? 아니면 젊은 청춘 남녀의 희생을 통해 원수 집안이 화해에 이르는 과정을 보여 주려고 하는가?

결론적으로 말하자면 셰익스피어는 이 세 가지를 동시에 보여 주고 있다. 모든 비극에는 운명적 요소와 인물의 성격적 요소가 동시에 작용하며, 선한 자의 희생 없이는 질서와 평화를 다시 회복할 수 없다. 몬태규와 캐풀릿 가문은 자식들의 죽음이라는 커다란 희생을 치르고서야 화해하며, 그들의 불화로 어지럽혀진 베로나는 질서를 회복한다. 즉, 로미오와 줄리엣의 죽음은 살아남은 자들에게 새로운 삶의 가능성을 부여한 것이다.

『로미오와 줄리엣』을 옮기고 나서

셰익스피어를 두고 벤 존슨은 "어느 한 시대의 사람이 아니라, 모든 시대의 사람"이라고 극찬했고, 새뮤얼 존슨은 셰익스피어의 작품을 "삶을 있는 그대로 비추어 내는 거울"이라고 평가했다. 이러한 찬사의 근거는 걸출한 등장인물의 창조와 인간 본성에 관한 심오한 해석과 시적인 묘미와 아름다움을 드러내는 그의 천재적 언어 감각이다. 벤 존슨의 언급처럼 그의 작품은 시대를 초월하는 보편성을 담고 있는 동시에 현재적 시점에서 또 다른 의미를 읽어 낼 수 있는 개방적 텍스트다.

셰익스피어의 많은 작품 가운데 『로미오와 줄리엣』은 특별히 흥미로운 작품이다. 로미오와 줄리엣은 너무나도 자주 언급되는 인물이고, 이 어린 청춘 남녀의 불운한 사랑은 늘 운명적 사랑의 전형으로 언급되고 있다.

청춘 남녀의 운명적 사랑 이야기는 늘 독자의 흥미를 사로잡는다. 그러나 무엇보다도 역자를 끌었던 것은 두 청춘 남녀가 구사하는 아름다운 시적 언어다. 다음 대사는 아마 모든 문학 작품 가운데 가장 의미심장한 대사 중 하나일 것이다. 2막 2장에서 줄리엣이 로미오에게 외치는 대사로, '장미의 이름'이란 유명한 인용구로도 잘 알려져 있다.

제발 다른 이름을 택하세요.
이름이 무슨 소용이 있나요?
장미를 다른 이름으로 불러도
그 향기는 그대로 남을 것이 아니겠어요?
그러니 당신이 로미오란 이름으로 불리지 않아도
당신의 본래 미덕은 그 이름과는 상관없이
그대로 남을 게 아닌가요?
로미오, 당신과 아무런 상관없는 그 이름을 버리시고
대신 저를 송두리째 가지세요.

번역을 하면서 아름다운 시적 언어를 잘 살리기 위해 원문에 충실하면서도 우리말의 리듬으로 자연스럽게 담아내고자 했다. 그러나 역부족이라는 생각을 떨칠 수 없었다. 특히 이 작품에 많이 구사되고 있는 말장난을 적절한 우리말로 옮기는 것과 의미의 중첩을 드러내는 일은 여전히 숙제로 남아 있다.

산문은 산문의 형태로 운문은 운문의 형태로 번역하기보다는 읽었을 때 자연스러운 호흡 단위를 의식하면서 행을 배열했다. 대체로 원문 2행의 길이를 번역문 3행 정도로 번역하여 배열하는 것이 호흡에 무리가 없어 보였다. 한 번의 호흡으로 말하기에 가장 적합한 글자수가 18

자 내외라고 보고, 가능하면 18자 내외로 번역문 1행을 구성하려고 했지만, 이를 기계적으로 반영하지는 않았다.

　지금까지 『로미오와 줄리엣』 번역은 김재남 교수의 번역, 그리고 최근의 이덕수, 신정옥 교수의 번역에 이르기까지 많은 번역이 소개되었다. 역자의 번역은 이들의 노고를 기반으로 한다. 원서는 최근에 출판된 좋은 텍스트들도 많았으나 판권 문제를 고려하여 크레이그가 편집하여 옥스퍼드 대학 출판부에서 1914년에 출판했던 옥스퍼드 판을 기본 텍스트로 삼았다.

2006년 2월

김종환

1564년 4월 23일, 존 셰익스피어와 메리 아든의 장남으로 태어났다.

1565년(1세) 아버지 존 셰익스피어가 스트랫퍼드-어폰-에이븐의 행정책임자로 선출되었다.

1575년(11세) 문법학교에 입학하여 문법, 논리학, 수사학 등을 배우고, 오비디우스, 베르길리우스, 키케로와 호라티우스의 글 등을 익혔다. 그리스어도 배웠지만 그리 신통하지는 않았다. 그리하여 극작가인 벤 존슨은 셰익스피어를 가리켜 "라틴어는 신통치 않고 그리스어는 더 보잘것없다"고 했다.

1582년(18세) 11월 27일, 8년 연상인 앤 해서웨이와 결혼했다.

1583년(19세) 첫딸 수잔나가 태어나 5월 26일 세례를 받았다.

1585년(21세) 아들 햄닛과 둘째 딸 주디스가 태어났다. 둘은 쌍생아이며 2월 2일 세례를 받았다.

1586년(22세) 이즈음부터 고향을 떠나 떠돌아다녔는데, 이때부터 런던에 도착하여 거주한 것으로 추정되는 1590년까지의 행방이 불확실하다.

1587년(23세) 필립 헨슬로가 런던에 로즈 극장을 건립했다.

1588년(24세) 영국이 당시 세계 최강이라는 스페인의 '무적함대'를 격파했다. 이를 통해 영국은 세계 무대의 중심 국가로 부상하기 시작했다. 셰익스피어는 엘리자베스 여왕 시대의 팽창하는 국력과 영국민의 자긍심과 인간 긍정의 정신으로 충만한 르네상스 시대를 배경으로 작품을 발표하기 시작했다.

1590년(26세) 셰익스피어의 첫 작품 『헨리 6세』 1부와 2부가 집필된 것으로 추정된다.

1591년(27세) 『베로나의 두 신사』 『말괄량이 길들이기』 『헨리 6세』 2부와 『헨리 6세』 3부가 상연되었다.

1592년(28세) 로버트 그린은 셰익스피어를 극작가의 깃털로 장식한 '날뛰는 까마귀'라고 혹평한다. 이는 셰익스피어에 관한 최초의 논평이었다. 흑사병으로 인해 1592년 6월부터 1594년 6월까지 런던의 극장들이 폐쇄되었다. 『타이터스 안드로니커스』를 집필했다.

1593년(29세) 『리처드 3세』 『비너스와 아도니스』가 출판되었다.

1594년(30세) 『실수연발』 『말괄량이 길들이기』가 상연되었다. 『루크리스의 능욕』이 출판되었다.

1595년(31세) 1594년에 실립된 '챔빌린 경 극단' 소속 작가로 활약했디.

1595~1597년
(31세~33세) 『리처드 2세』 『한여름밤의 꿈』 『로미오와 줄리엣』 『존 왕』이 상연되었다.

1596년(32세) 아들 햄닛이 사망한다. 10월에는 아버지 존 셰익스피어에게 문장(Coat of Arms)이 수여되었다.

1596~1597년 『베니스의 상인』『헨리 4세』1부가 상연되었다.
(32세~33세)

1597년(33세) 스트랫퍼드의 뉴플레이스 저택을 구입했다.

1597~1598년 『윈저의 즐거운 아낙네들』『헨리 4세』2부가 상연되었다.
(33세~34세)

1598년(34세) 벤 존슨의 『모든 사람 자기 기질대로』의 배우로 셰익스피어의 이름이 기록되었다. 프랜시스 미어스의 『팔라디스 타미아』에 셰익스피어가 언급되었다. 『헛소동』『헨리 5세』가 상연되었다.

1599년(35세) 이후 셰익스피어의 많은 작품들이 상연된 글로브 극장이 건립되었다. 『줄리어스 시저』가 상연되었다.

1600~1606년 희극 『좋으실 대로』『십이야』와 4대 비극인 『햄릿』『오셀로』
(36세~42세) 『리어 왕』『맥베스』가 상연되었다.

1601년(37세) 사극 『리처드 2세』가 상연되었는데, 이 작품의 상연이 에섹스 백작의 반란과 연루되었다는 혐의를 받아 조사를 받았다. 아버지 존 셰익스피어가 사망했다.

1602년(38세) 『트로일러스와 크레시다』『십이야』를 공연했다.

1603년(39세) 엘리자베스 여왕이 사망하고 제임스 1세가 잉글랜드와 스코틀랜드의 왕으로 등극했다. 셰익스피어가 소속된 '챔벌린 경 극단'이 제임스 1세가 후원하는 '국왕 극단'으로 명칭이 변경

되었다.

1604~1605년　『끝이 좋으면 모두 좋다』『아테네의 타이몬』『안토니우스와
(40세~41세)　클레오파트라』가 상연되었다.

1605년(41세)　가이 포크스 등 가톨릭교도의 화약 음모 사건이 일어났으며,
왕권신수설을 신봉하는 제임스 1세와 청교도가 많은 의회 사
이에 대립과 반목이 거듭되었다. 청교도에 대한 박해가 심해
지자, 1620년경 많은 사람들이 신앙의 자유를 찾아 신대륙으
로 이주했다.

1607년(43세)　남동생인 에드먼드가 후손 없이 사망했다. 아들 햄닛이 이미
1596년 사망하여 이로써 셰익스피어 가문의 후손이 끊겼다.
큰딸 수잔나 셰익스피어는 존 홀과 결혼했다.

1608년(44세)　어머니 메리가 사망했다.

1609년(45세)　『소네트』가 출판되었다.

1610년(46세)　『심벨린』이 상연되었다.

1611년(47세)　『폭풍우』상연 이후 스트랫퍼드로 낙향했다.

1613년(49세)　『헨리 8세』 공연 도중에 글로브 극장에 불이 나 전소되었다.
셰익스피어는 블랙 프라이어즈 게이트하우스를 구입했다.

1616년(52세)　2월 20일, 둘째 딸 주디스가 토마스 퀴니와 결혼했다. 셰익스
피어는 3월 25일에 유서를 작성하고, 4월 23일에 사망했다.

4월 25일에는 장례식이 거행되고 고향의 성 트리니티 교회에 묻혔다. 그의 흉상 아래에는 다음과 같은 글귀가 새겨져 있다. "판단력은 네스터와 같고, 천재성은 소크라테스와 같고, 예술성은 버질과 같은 사람. 대지는 그를 덮고, 사람들은 통곡하고, 올림푸스는 그를 소유한다."

1623년(59세)   8월 8일, 부인 앤 셰익스피어가 사망하여 스트랫퍼드에 묻혔다. 셰익스피어가 사망한 지 7년 뒤 최초의 전집인 『제1이절판 전집』이 출판되었다. 이 전집에 『페리클레스』를 제외한 36편의 극작품이 수록되었는데, 이중 절반은 이 책에 처음으로 인쇄되었다. 1623년 벤 존슨은 그리스와 로마의 극작가와 견줄 수 있는 사람은 오직 셰익스피어뿐이라고 호평하며, 그는 "어느 한 시대의 사람이 아니라 모든 시대의 사람"이라고 칭찬했다.

1649년   큰딸 수잔나가 사망했다.

1662년   셰익스피어의 마지막 남은 자식인 둘째 딸 주디스가 사망했다.

1668년   존 드라이든이 셰익스피어를 "가장 크고 포괄적인 영혼"이라고 극찬했다.

옮긴이 **김종환**

계명대학교 영문학과를 졸업하고, 미국 네브라스카 주립대학에서 박사학위를 취득했다. 한국영어영문학회에서 제4회 재남우수논문상을 수상했고, 제1회 셰익스피어학회 우수논문상을 수상했다. 1986년부터 계명대학교 교수로 재직하고 있으며, 현재는 한국영어영문학회와 한국셰익스피어학회의 편집위원으로 활동하고 있다.

옮긴 책으로『연극개론』『햄릿』『맥베스』『베니스의 상인』등이 있으며, 영문 저서로『Introduction to Korean Mask-dance Drama』가 있다.

그린이 **쁘쁘첸코 류다**

러시아 브랸스크에서 태어났으며, 브랸스크 미술전문학교를 졸업했다. 모스크바 국립미술아카데미 그라쥬노바에서 풍경화를 공부하고, 모스크바 국립영화학교에서 애니메이션과 석사 과정을 수료했다. 영화학교 재학 당시 일러스트전문매니지먼트인 mqpm을 통해『ABC 영어동화』『걸리버 여행기』『어린 왕자』에 그림을 그렸고, 이 일이 계기가 되어 한국에서 그림을 그리게 되었다.

그린 책으로『알라딘』『그리스 로마 신화』『전쟁과 평화』『안나 카레니나』등이 있다.

세계의 클래식

〈세계의 클래식〉은 청소년이 꼭 읽어야 하는 문학 작품들을 전공 번역자들이 완역하여 젊은 작가들의 감성적인 그림을 함께 담은 수준 높은 고전 시리즈입니다. 오랜 시간 동안 변함없이 사랑받아 온 문학 작품들만을 엄선하여 청소년뿐 아니라 문학을 사랑하는 모든 이들이 소장하며 읽을 수 있도록 정성과 가치를 담았습니다.